詩戀記

南方朔

【代序】

與詩共繾綣

南方朔

在本書即將付印前，得知一項消息，那就是美國詩人達拉・裘伊亞（Dana Gioia, 1950-）可能將出任美國最高藝文行政機關「國家藝文基金會」（NEA）主席的職位。達拉・裘伊亞目前也是「美國詩學會」的副會長。

一個詩人出任美國最高藝文行政機關的首長，這當然是美國藝文界的大事。但對台灣的我們而言，這種美國官場的異動，卻顯然「干卿底事」的沒有多大意義。那麼，我爲甚麼還要特別提到這起人事問題呢？原因當然還是在於詩。

達拉・裘伊亞今年五十一歲，乃是一九九○年代他已屆中年後，才開始竄起的詩人。他是「詩的復興」這一代的主要詩人之一。

近代無論那個國家，詩都出現了一個共同的難題，那就是隨著時代的改變，以及表達媒介的日趨多元，讀詩的人已愈來愈少了。在人類文化及文學史上，曾扮演過極重要領航角色的詩，難道眞的漸趨沒落，或正走向死亡？

一九九一年五月，當時才四十歲的裘伊亞，在著名的美國《大西洋月刊》上發表了一篇長論文〈詩是否可以重新變得重要？〉。這篇論文後來引發一連串的討論，可以說是十餘年來美國詩壇所出現的最大重磅炸彈。

在這篇論文裡，他對現代詩做了很強的抨擊，認爲現代詩的發展在一九二〇年代後，由於已被學院掌控，遂漸漸和讀者脫離了關聯，詩成了一個小眾而自以爲是的「次文化」，詩壇本身也變得支離破碎，連最後殘餘的光彩也變得晦暗不明。

那麼，詩要如何復興呢？在詩的本身，裘伊亞認爲以前的詩有其專業的技術與行規，那就是詩要有詩的樣子，必須有韻有步，有抑揚頓挫。可以讓人記得，可以讓人朗誦。但所有這些規矩後來都在「求新」（Make it new）的口號下瓦解了。當詩不像詩，再加上艱澀難懂，讀者怎麼可能還會存留？因此，他後來遂和許多詩人如保羅．雷克（Paul Lake），提摩太．史蒂爾（Timothy Steele）等共創了「新形式主義派」（New Formalism），要讓詩有詩的本來樣子。

除了詩要有詩的樣子外，在詩的體制和活動上，他也提出了六大建議：㈠詩人在朗誦會上，拜託不要只朗誦自己的作品，也朗誦別人的詩。(二)詩要和其他藝術做跨界連結。(三)詩人不要只寫詩，也寫一些散文和論文。(四)將來在編詩選詩，請一定只選被人眞正推崇的作品。(五)高中和大學在課堂教詩的時候，別以詩的賞析爲主，而應將重點放在詩的誦讀和表演上。(六)詩應善用廣播電台這個管道和公眾連結。

袞伊亞在攪動了美國詩壇這一汪停滯不動的死水後，除了他和同好自創「新形式主義派」之外，也連動式的牽引出許多後續的發展與嘗試。例如，有些詩人如麥克道威（Robert McDuwell）開創「新敘事派」（New Narrative），主張用詩來重新講故事，上一任美國桂冠詩人賓士基（Robert pinsky）等推崇新的「見證詩派」（Poetry of witness），他們主張詩應當對社會的以及公共議題發聲。一九九〇年代後，美國詩壇對過去有關詩的積弊，詩的蕭條受評論日盛，對未來的嘗試則漸增，儘管我們不知道它最後會形成甚麼樣的局面，但能反省，敢嘗試，並努力的要找回失去的讀者，這至少都顯示出某種復興的徵兆。而這一切，第一個點起火種的，就是袞伊亞。

由袞伊亞所領銜的美國詩的復興，這時候就讓人想到我們自己。我們社會和其他社會一樣，詩也曾經有過它的黃金時代，也曾有過「井畔老嫗能解」的風光歲月，但這些畢竟都成了過去，而我們是否能再現它的風華？

我相信詩的復興是一種可及的目標。因爲詩是感性與視野的凝聚，每當讀到好詩，儘管短短的幾行，卻總是讓人能迴腸盪氣或反覆思量。我總認爲在這個人們愈來愈忙碌的時代，詩將是最後的，也是最新和最舊的文學類型。對詩的這種樂觀期待，也是我始終對它繾綣不忘的原因。

因此，但願在不久的將來，我們社會喜歡詩的人愈來愈多，也但願我們自己的詩人也能有更多傑出的創作。

是爲序。

contents

卷一：今生的偶然

我願是樹，如果妳是樹上的花
我願是花，如果妳是露水
我願是露水，如果妳是陽光
這樣我們就能結合在一起。
——匈牙利詩聖裴多菲

卷二：呼喚心中的聖獸

回來吧，回來告訴我
離開我是甚麼滋味。
——美國詩人崔琦兒

卷三：人不會得不到安慰

讓夜晚到來
讓它來，它來，不要
畏懼。上帝不會丟下我們
不給一點安慰，因此，讓夜到來。

——美國詩人珍·肯揚

卷四：優雅的樂趣

所有的記憶亦將繼續
它們將成爲我們的衣袍
使我們穿著的不僅是它的榮光。
——美國詩人愛倫坡

卷五：藉口與謊言

我們是否要給自己
更平靜，更少罪惡式的快樂
當事情來到，如同它已發生……
——生態女詩人瑞姬

卷一

我願是樹，如果妳是樹上的花
我願是花，如果妳是露水
我願是露水，如果妳是陽光
這樣我們就能結合在一起。

——匈牙利詩聖裴多菲

今生的偶然

懺情錄

若失去妳的愛
我也將不再愛我——伊格納多

我將失去甚麼
當我們兩個混合？
若失去妳的愛
我也將不再愛我
因而我不要再
獨自一個。

這首短詩〈它讓我愛妳〉，出自美國當代猶裔詩人伊格納多（David Ignatow, 1914-）的近著《我有一個名字》。這是一本很薄的詩集，但卻有很深的濃情密意。朋友送我這本詩集，讓我十分歡喜。

伊格納多乃是猶太窮人出身，當年只讀到大學一年級就輟學工作，是個做過許多低下工作而刻苦起家的詩人，到了晚年獲得「全美藝文研究所」的終生成就獎，足見其詩學地位甚高。他的早年作品多受主流影響，較富知性。到了晚期走自己的路，以素樸自然取勝。最近的這本詩集即是晚期代表作，其中寫得最好的，乃是幾首懷念已逝妻子的作品。由伊格納多的生平及作品，我們知道他們夫婦間以前關係緊張，但隨著年歲的增長，尤其是妻子的逝世，這些緊張都化爲惋惜與痛悔。情到悔處始見眞，詩集裡一首〈我們〉堪爲代表：

妳抬起臉頰
帶著甜蜜而哀傷的表情
那是生命留駐的
愛情喜悅
它是早年的記憶
而妳保存至今；
我也用愛看著妳

那是我垂老才有的愛意
我哀傷
爲愛的長久延遲
以致過去的妳
總是在憂懼裡呻吟。

這首詩寫得極好極眞，愛的長久延遲和後來的悔恨乃是太平常的現象，當我們讀了這樣的詩句，豈能毫無感受。

由伊格納多的作品，看得出他一生孤僻，似乎還有點暴躁。他曾如此寫過：

我關上門
不期望找到快樂
在門後，只和自己交流
因此啊，這也就是說
我關上了門

將自己封鎖。

他還有短詩〈抱歉〉曰：

我放一張凳子在桌子
和書架間　它在那裡
空盪盪的從未被坐過
在那之後。

誰能想像
它如此荒廢
這麼長的時光。我抱歉
曾做過這麼多
沒用的東西。

他的這些詩，都放在悼念亡妻的部分。可以想見他所寫的這些部分，都和愛情上的懺悔有關——他總是把自己關在書房裡，反覆做一些無聊無用的東西。很長的時間裡，他都故意荒廢了對妻子的愛。由這些詩，我們看到了一個老人的懺情錄！

寡情傳奇

那些你最愛的將不再與你分開
那些你最愛的是你最眞的遺產……——龐德

在文學史上，有三個大作家悲慘伴侶的故事，讓人唏噓不平。

一個是法國怪胎作家薩德子爵（Marquis de Sade, 1740-1814）的妻子蕾妮，她一輩子侍候這個性異常丈夫，當他以性敗德入獄，只有她支持同情。她一輩子刻苦，只為了供奢華的丈夫揮霍。

一個是俄裔美國作家納博可夫（Vladimir Nabokov, 1899-1977），他的妻子葳拉一輩子當丈夫的僕役，幫他跑腿，當他的司機，替他打字，他連橡皮擦掉地上，都懶得自己撿起來。

第三個可能是大詩人龐德（Ezra Pound, 1885-1972）的情人奧爾伽，魯姬（Olga Rudge）了。龐德乃是近代英語詩壇的泰斗級人物。他耽迷歐洲的古典文化，討厭美國的庸俗，因而前半生都在歐洲度過，加上他活動力超強，成爲一代宗師，但他的反猶，卻使他同情並支持法西斯主義，二戰期間並在義大利進行反美反猶的廣播，戰後被美軍逮捕，解送回國，但一整代的美國作家、詩人，以及藝術家都爲他請命，最後以「精神失常」的理由避開了叛國罪的審判，被關進精神病院十二年，一九五八年又在各方要求下獲釋，他旋即重返義大利，一九七二年逝世。龐德的詩屬於新古典主義，充斥著僻冷的典故，必須大量註解始能理解。除了會多國及古典語文外，他也會音樂，寫過兩齣歌劇和若干小提琴小品。他也可算是廿世紀的怪胎級人物。

而奧爾伽·魯姬的一生，即是這個怪胎大師身旁的一個悲慘註腳。她一九二一年與龐德相遇於巴黎，那時他已和英國女畫家桃樂希·沙士比（Dorothy Shakespear）結婚。但儘管如此，她還是愛上了龐德。他滯留義大利期間寫過兩齣歌劇，靠她幫忙吹捧助勢。二戰期間，龐德夫婦在義大利甚爲困窘，她幫他們煮飯、洗衣，並在經濟上幫忙。奧爾伽有很好的家世，又是相當有才華的小提琴家，竟然如此自願犧牲，的確不可思議。

然而，她雖然如此自願犧牲，但龐德待她又如何呢？一九二五年她替龐德生了一個女兒瑪莉亞，龐德將這個女兒交給奶媽去養，很少讓母女見面，直到女兒十二歲才回到自己家裡。龐德對桃樂希亦然。她比奧爾伽晚兩個月，也生了一個兒子歐瑪爾，龐德將兒子交給外婆去養，也是到了十二歲才回到自己家裡。由龐德一生，我們已知道他女友甚多，多情但也寡情。奧爾伽因而備受感情上，以及母女分隔的煎熬。

戰後，龐德被關進精神病院。這時奧爾伽徹底放棄自己的小提琴家生涯，專心爲他的釋放而奔走串聯。但由許多資料，我們卻知道龐德對她並不好，不准她去醫院探訪。那十二年裡她一直在爲他努力並接濟，但見面卻很少。

一九五八年龐德獲釋，體況極差，只有奧爾伽在他身邊，照料他，幫他洗澡煮飯，陪他回義大利，幫他辯護，一直到一九七二年龐德逝世，而他的正式妻子桃樂希則死於第二年。奧爾伽則活到一九九六年。很難說她得到了他的愛情，但她卻有了他的最後。她最後在死前如此寫道：「沒有遺言，沒有死床上的懺悔。卡洛！當死亡已降臨，它十分美好，你離去，帶著笑容，牽著你的手，快樂的走去。」

龐德的詩以各時期陸續完成的一一七首《詩篇》最爲重要，它的第八十一首有這樣的起首句：

那些你最愛的將存留，餘則成爲糟粕

那些你最愛的將不再與你分開

那些你最愛的是你最眞的遺產……

……

最近，有位女作家安妮．孔樂佛（Anne Conover）在奧爾伽女兒的幫忙下，將奧爾伽及龐德的故事完整的寫了出來。書以上述詩句開場。這是嘲諷？或是向奧爾伽的悲慘致敬？

愛情如焚木的美麗

從星辰到愛，而愛則生成
在靜寂的屋內，輾轉努力——雅克泰

現在的人，對愛情已愈來愈不敢再多說甚麼了。在這個愛情似乎已變成慾望的衣裳，而大家又都頻頻更換的時代，過去的諾言很容易變成今日的鬧劇，而今天的愛情卻又可能變成明天的背叛，我們甚至連對愛情的祝福，都有點膽怯猶疑起來。

這時候就想到有人說過的「愛情經濟學」。在媒妁之言，指腹爲婚的古代，愛情由於它的稀少性和困難度，因而變得偉大。但到了現在，它已愈來愈容易供應，那種由於稀少和困難所造成的生死牽纏就少了，而沒有了這些過程，又怎麼會有愛情？

因此，在這個情愛八卦日增的時刻，遂想到當代法國主要詩人雅克泰（Philippe Jaceottet, 1925-）所寫的那首〈無知〉，詩曰：

當我愈年長就變得愈無知

活得愈久我所擁有並掌控得就愈少
所剩不過是個小小的空間，或黯如雪
或明亮燦然，但從未被居住過。
何處可以找到給予、引導和守護的人？
我默然坐在室內，而寂靜
到來如收拾房間的僕人
我則等著驅散謊言。

對我這將死之人還有甚麼留下的理由
可以阻止他的死亡？
對這四壁他還能找到甚麼可說的話？
我聽到他在說著，他的言詞
隨著黎明時分到來，無法完全理解；
「愛情，如火，只會顯露它的光華
在失敗及被焚木頭的美麗中。」

雅克泰的這首詩，乍看有點曖昧難懂，但事實上卻深意自現，當他漸漸老去，愈來愈能體會到一個人到了最後所擁有的，不過是一個小小的有待塡滿的愛情空間而已，而愛情何在？由他的最後兩句那種愴然之感，不正透露出生命眞正的焦慮。

除了這首詩外，他在別首詩裡還有可以與前面呼應的句子：

我們生存在一個移動和距離的世界
心可以高飛從樹梢的鳥翼
從鳥翼到遙遠的星辰
從星辰到愛，而愛則生成
在靜寂的屋內，輾轉努力
它是一燈在手的思想僕人。

這個詩段是在說，我們活在事事都在變動，而距離也不再是問題的世界上，我們的心可以無遠弗屆，但說到愛，卻仍然要在最近的距離裡打著燈尋找，但我們找得到嗎？

因此，當我反覆讀著「愛情，如火，只會顯露它的光華／在失敗及被焚木頭的美麗中。」這樣的句子，儘管在似懂非懂之間，但似乎眞的明白了許多事情！

愛情的疾病

嫉妒之情一旦發作
即深深黏到骨髓裡——佚名．愛爾蘭詩人

莎士比亞在《奧塞羅》裡，藉著一個壞蛋的嘴，說出了這樣的名句：

嫉妒是綠眼妖怪
最會戲弄它要吞噬的魚肉
一個人若是不愛他的妻
雖明知戴了綠帽，亦可幸福度日
但若愛而又疑，疑而又愛
那日子該多難挨。

這一段描述，非常精確的說出了嫉妒所造成的傷害。嫉妒是一種「愛情疾病」。它讓人在痛苦的焦慮中，產生一種自我的卑下感，這種感受經常會使他做出不可思議的，由愛生恨的事情來。因而中古時代一個姓名已佚的愛爾蘭詩人，遂寫了如下的詩句：

愛情有若乍冷乍熱

戳了進來卻又匆匆離去；

嫉妒之情一旦發作

即深深黏到了骨髓裡。

愛情從來即和嫉妒無法分開。近代生物社會學家曾研究過猿猴社會，即發現到嫉妒在牠們社會裡扮演著極重要的角色。學者們認爲，嫉妒在牠們的社會裡，乃是一種與生殖行爲有關的心理動機，藉著嫉妒和背後的獨佔心理，俾讓自己的基因能夠確切的遺傳下去。

用基因保存的觀點來解釋愛情的獨佔與嫉妒，這能不能適用於人類，的確大可懷疑。但不容否認的是，嫉妒和愛情的獨佔，的確也是人類社會的主要現象之一，因而與嫉妒有關的悲劇或鬧劇，也就成了固定的人間戲劇。縱使開放的美國，因爲嫉妒而由愛生恨，最後變成抓狂殺人，也仍是殺人案裡的主要類型之一。

而非常奇怪的，乃是嫉妒雖爲人類生存基本的難題之一，但思想家們卻很少去碰觸這個問題，倒是近代法國大思想家沙特，曾對嫉妒做過現象學式的探索。他指出，愛情對人們而言，等於是將完整的自我打開一個洞，自我的血液從洞裡流出，和被愛者彼此交換，俾合成一個新的自我。而一旦有了嫉妒，就意味著這個過程已告結束，自我一直在流出，最後就會變成自我的失去、懷疑，甚或狂亂。嫉妒會讓人做出正常狀態下絕不可能做出的事情來，其道理或許即在於此。由於嫉妒而由愛生恨，或者殺人，或者要把對方搞垮搞臭，它的深層原因，或許就是要消滅對方，以補回自我在不斷流失的那個破洞。

也正因此，嫉妒其實又和自我的認知有著密切的關係。而對這個問題，美國北伊大名譽研究教授克恩（Stephen Kern）在《愛情文化》裡倒是做了一項有意思的探討。他比較了文學裡各個不同的時代有關嫉妒的描述，驚訝的發現到，在比較早期的文學作品裡，多半都把嫉妒視爲愛情的疾病，而原因則是雙方的誤會，顯示出以前的人知道嫉妒的可怕，因而認爲它一定可以有方法來加以避免，將它視爲起源於誤會，即是這種心態的顯露。而到了現代文學裡，嫉妒則多半被描寫成一種本質，如何藉著嫉妒的考驗，來自我反省，對愛情更能理解，遂成爲新的敘述模式。最經典性的，則是法國文豪普魯斯特（Marcel Proust, 1871-1922）在《追憶似水年華》裡說道：

——「經由嫉妒，我們一次再一次的被帶回去省視甚麼是眞是假，也迫使我們更嚴肅的去思考，並將懷疑、輕忽和冷漠的習慣莠草連根拔除。……使我們能更深刻的與自我接觸。愛情的痛苦困境，教導並啓發了我們，使我們更能一層層的知道自己。」

愛情中的嫉妒，它會摧毀一切，但若能藉此而反省，也未嘗不能成爲生命的另一種給養。這涉及如何處理嫉妒的問題，我們社會裡已有太多由愛生恨的故事，理應有所借鏡。

人間情愛的荒涼

他相信自己仍深愛著她，知道
他原來也是會做這種事的男人——雷布

最近，丈夫殺妻的慘劇已陸續發生多起。每當看到這樣的新聞，就整天都心情很壞。殺妻，這是多可怕的事情，它是貧賤夫妻百事哀，哀到極點的相互痛恨？或者這代表了人性的復歸野蠻？弒親殺妻，這都是倫常劇變，它和流氓的砍砍殺殺完全不同，它一定有著心靈上最不堪聞問的原因，當然也一定會造成我們完全不能想像的心靈後果。

而提到殺妻案，就想到最近才讀過的，由詩人雷布（Lawrence Raab, 1946-）所寫的這首〈愛〉。

突然的狂怒中一個男子殺了妻
而後他駕車返回家裡
無路可逃，他如此想到

他也無意匿藏
警察很快就會到來
他有一把槍，因此他喃喃自語
他應自行了斷，在屋外草地上
或者走回車裡，
再漫無目的繞一繞，在猶豫中
他養的狗到了面前，哎
這眞不是好事。啊不
他不能把狗一併殺掉
他的心早已破碎
知道自己殺了妻
他相信自己仍深愛著她，知道
他原來也是會做這種事的男人
狗過來黏著他

他想到這狗將會需要幫助
他的心又再次裂開
覺得自己曾愛狗
甚於愛自己的妻，至少
對狗好到被牠信賴
這感情，是愛？他想著。
別再這樣了
他走回屋裡，坐下
把槍口伸進嘴裡
但狗搔抓著房門
一直抓著直到
他起身，讓牠進來，半意識的
知道自己在做甚麼
他怎麼能當著狗的前面把自己殺掉？

他摸著狗的頭
好女孩，他說，對狗訴說
沒有任何人會對狗說的話
他希望狗會走向另一個房間
但牠不肯離開，任憑他
無論說甚麼，牠都拒絕被撫慰

雷布的這首詩以〈愛〉爲名，說的卻是愛的失去。一個美國男子殺了妻，而最後與他相濡以沫的，卻是他所愛的狗，這是甚麼樣的悲哀啊！難道人與人的愛，夫與妻的愛，在這個人際日益疏冷涼薄的時代，竟然抵不上人與狗之間的感情？殺妻與人狗對話，這突兀的對比，側寫出了人間情愛的荒涼。

雷布是美國當今的重要詩人之一，這首〈愛〉收錄在他的近著詩集《可能的世界》裡。這冊詩集裡的作品，多半都有預言或預言性。因此，他要藉著這首詩預言甚麼呢？難道人們的未來眞的會像這首詩所說的：人間情愛繼續荒蕪，而只有人畜人狗間那種獨白式的溝通，才是救贖人類感情的出路嗎？

無關係的愛憐

愛，不論妳是誰，
妳的勇氣是我的陪伴——拉罕

每個人都會有一種情愫，它被稱之爲「無關係的愛憐」（Disinterested care），正因爲「無關係」、「無利害」，所以才無私心。這種愛憐幾乎都不會有任何結果，而且也不需要有結果，但卻可以讓人的心長保柔軟；當心柔軟，始能有情，並對世界產生民胞物與的關懷。

最近，讀到在柏克萊加州大學任教的詩人拉罕（Leonard Nathan, 1924-）所寫的〈爲祝福而乾杯〉（Toast），即堪稱「無關係愛憐」的代表。詩曰：

有個女子在綺色佳
她輕聲啜泣整整一晚
在我的隔壁非常無助

我愛上了她在這覆蓋著
大雪，每個屋頂上
全是白皚皚，處處皆
幽黯的沮喪。

第二天清晨
在汽車旅館的咖啡廳
我端詳每張化妝過的臉孔
她是那中年金髮女子
和女服務生開著碩笑
或是那淺褐頭髮的少女她舉起
杯子做乾杯狀？

愛，不論妳是誰

妳的勇氣是我的陪伴
在每個冷冷的城鎮
在那次綺色佳之後
每當我點了一杯咖啡
在陌生的地方，都會
説，舉杯，爲妳。

綺色佳（Ithaca）是紐約州的南部城鎮，作者有次去那裡出差，在汽車旅館夜聞女子哭泣，「無關係的愛憐」油然而生。他當然沒有多事的去主動關切，而是將悠悠之情化爲永遠的祝福。這種不知道對方是誰的祝福，沒有人會得到祝福的溫暖，而眞正被溫暖的，其實乃是詩人自己，這種愛憐沒有目的，但也正因沒有目的，悠悠之情反而更大更遠。

由「無關係的愛憐」，就讓人想到德國思想家席勒及康德曾提到過的美學上之「無目的之目的性」。他們都認爲當美依附在其他目的上，美之純粹即被污染，眞正的美不依附，如同希臘人將美視爲一種無目的之遊戲，就在這種「無目的之目的性」裡，純然而飛躍之美遂告出現。基於同理，「無關係的愛憐」，或許才是眞正大愛的起源吧。當本詩作者在那裡爲不知是誰而舉杯，整個世界都突然有情了起來。

愛情的嚮往與想像

我願是一滴夜露
落進她美麗的胸口——彭斯

最近，去了新疆，見識到另一種壯闊奔放之美。一路上，也聽到那熟悉的新疆民謠〈在那遙遠的地方〉許多不同的唱法，絕大多數人，都必然對其中最美的一段終生難忘：

我願做一隻小羊
跟在她身旁
我願她拿著細細的皮鞭
不斷輕輕打在我身上。

〈在那遙遠的地方〉，這一段歌詞實在美妙絕倫，托爾斯泰曾經說過，愛情裡有著一種「折磨人的幸福」的元素，它使人願意在溫柔中臣服，並產生許許多多愛情的想像。「我願做一隻小羊」，就把這種幸福感的想像發揮得極爲成功。

而由「我願做一隻小羊」，就讓人不由得想到莎士比亞十四行詩第一二八首。這首詩寫的是「我願變成琴鍵」：當愛人在彈琴時，手指在木鍵上飛舞，莎士比亞突然對那能親芳澤的琴鍵嫉妒起來：

我多麼嫉妒那些琴鍵輕快躍起
親吻妳那溫柔的手心
我可憐的雙唇原本應有這樣的福氣
而今卻只能看著琴鍵而遺憾
心癢難安，眞願換個邊。

而情詩裡的這種「我願……」還有許多其他的例子。匈牙利詩聖裴多菲（Sandor Petofi, 1823-1849）也這樣表示「我願」：

我願是樹，如果妳是樹上的花
我願是花，如果妳是露水
我願是露水，如果妳是陽光
這樣我們就能結合在一起。

「我願」這種類型的名句，多半用以表示對情人的親密嚮往。因而多半的「我願」，都是希望能成爲得親芳澤的東西。蘇格蘭大詩人彭斯（Robert Burns, 1759-1796）的「我願」是：

我願是一滴夜露
落進她美麗的胸口
那眞是說不出的幸福
徹夜飽餐秀色
在她如絲的胸前入睡

「我願」在大詩人丁尼生（Alfred Tennyson, 1809-1892）筆下，也相當露骨：

我願做一顆寶石耳環
日夜悠晃在她的耳邊
我願做一條寬長的腰帶
纏在她秀麗的細腰間
我願做一串項鍊

掛在她那馥郁的胸前。

「我願」的句型，在愛情詩歌裡例證極多。「我願」是愛情的嚮往與想像。人們在「我願」裡大膽的將自己獻給對方，在巧妙的譬喻裡，間接的表現愛慾與渴念。「我願做一隻小羊」和其他「我願」相比，不但不遜色，在意境和格調上，其實更勝一籌。這首歌能傳唱至今，即是證明。

深沉的愛和責任

世間沒有一種特權能夠，
讓人免於愛與失去的折磨——莫遜

在每個城鎮
每個都市、鄉村，和個別家庭
凡知道皇室的
讓時間停止。噢，不，不，而是
代之以讓時間重複和再來。

以慶祝
五十寒暑變動中的沉穩
它創造出了

這些故事，對我們如此豐富而新奇
但也感覺親近。

而這是一切的開始
我們看到承擔著父喪悲傷的女兒
和歷史有了連結
我們看到她在機場留下的黑白照片
銘刻出
新的信念，新的尊嚴。

上面這些詩句，乃是今英國桂冠詩人莫遜（Andrew Motion, 1952-）所寫的長詩〈英女王登基金禧贊〉的第一段。他的這首詩，乃是英美，甚或全球，最近被談論得最多的作品。

二〇〇二乃是英女王伊莉莎白二世登基五十年的大囍之年。一九五二年二月六日，她的父親，當時的英皇喬治六世逝世。她正在肯亞訪問，聞訊立即返歸，繼任爲英女王，並於一九五三年六月二日登基。到了二〇〇二，已進入第五十年，亦即金禧之年。在這半個世紀裡她是英國的最高象徵，是大英國協的精神領袖。最近英國民調，要求人們以一到十分替她打分數，她得分七點三，足見英國人民對她仍極愛戴。在過去半個世紀裡，大英帝國早已結束，她在時代的變化裡引領著英國一路走來，在劇變中而求穩定，在無言中做出極多貢獻。五十年裡她出訪二五一次，訪問了一二八國，對世界的和平與增進了解，亦貢獻極多。總的來說，她算得上是個稱職的好女王。

除了稱職之外，伊莉莎白二世也是個長壽女王。她生於一九二六年四月廿一日現在已七十六歲。在過去一千年裡，英皇或女王在位能有金禧者，她是第五位。由於身體健康，一般認爲她可能會打破她曾曾祖母，偉大的維多利亞女王在位六十三年的最高紀錄，但也正因她在位長久，她在女王期間，也難免必須面對家人相繼凋逝的沉痛。最近這段期間，女王母、她的弟弟，以及瑪格麗特公主等相繼逝世，足見家庭變故，也成了她的一種痛苦。

但無論如何，對英國而言，登基金禧仍是大事。因而二〇〇二這個金禧之年，英國慶祝活動特多。六月一日至四日，金禧慶祝正式開始，各種狂歡節目、音樂會、展覽，多得難以盡數。今夏，她將全英走透透，做「感恩之旅」，還要出訪大英國協幾個重要國家，也將舉辦第十七屆大英國協運動會。

根據皇室慣例，大日子都必須由桂冠詩人賦詩以誌其盛。女王登基金禧乃是平均每兩百年才出現一次的頭等大喜之事，當今桂冠詩人莫遜自然要格外努力以赴。他寫了長詩，被譜爲讚美歌，全程演唱要九分鐘。莫遜在當代英國詩人裡以親切小品聞名，在他膺任桂冠詩人之初，我曾在專欄裡做過介紹。由於詩風親切，他的這首長詩〈英女王登基金禧贊〉，遂寫得和歷代的讚美詩極爲不同。詩在最後有一些讚美的句子，但就整體而論，它卻相當平易，將伊莉莎白二世的半世紀女王歲月，娓娓道來。第一段由她聞父喪而返國時的機場表現說起，而後講女王的風格與人生歷程，她把女王寫得很有人味。我對詩中的這幾句特別喜歡：

奢華，當然，還有特權
財富、宮殿、假期、其他等等
這些都是眞的　它們變成楔形楨桿
在妳的人生與我們中間。而我們想到

世間沒有一種特權能夠
讓人生免於愛與失去的折磨
當我們向著妳，體會到一種深沉的
人性之流在妳和我們之間。

而今死亡的鐘聲再度響起，並更多
它變成妳最後的人間一幕；
一個女兒逝於母親之前
之前則是弟弟的亡去
一個女子而面對這樣的事情
愛和責任說著兩種語言。

枕邊的孤獨距離

枕邊細語應當輕鬆自在
能躺在一起要回溯到好久好久
它是兩個人彼此忠誠的表徵。

然而愈來愈多的時間在無言中流逝
屋外，風並未完全止息
時而堆積，時而驅散天空的烏雲。

地平線上一個個幽黯的城鎮
沒有一個理會我們，沒有任何原因

對這相互隔離的獨特距離
它變得更難去找到
一度眞實而體貼的言辭
甚或並非不眞實和並非不體貼的語字。

這首〈枕邊細語〉（Talking in bed），乃是當代英國詩壇重鎭拉金（Philip Larkin, 1922-1985）所著，雖然有人把它當做「冷戰詩」來解釋，認爲它指的乃是美蘇同在一張床上，但卻無話可說。但更好的解釋，仍然是將它回歸本源，把它看成是在說人間情愛的荒涼。在這個婚變情變不斷起伏的時代，讀拉金的這首名作，當格外讓人有會心但卻無奈之感。

拉金的這首詩，以第一詩段定場。它指出，能夠同床共枕，乃是好長的因緣與互信始克臻之。那是一種獨特的親密與忠誠的關係，因而枕邊必然是細語，細語也只能在枕邊。

然而，這種相互親密與忠誠的關係，到了現代，在經過一段時間後，卻都翻轉成一種新的冷淡。相互的忠誠失去，兩人間形成了一個「相互隔離的獨特距離」。

「相互隔離的獨特距離」，乃是這首詩的核心，也是匠心獨運的隱喻。兩人之間的這個距離，已談不上愛，但也不是恨，因而它成了另一種「不是不愛」但又「不是不恨」的困境。拉金這首詩的傑出，乃是它藉著「雙重否定」的句子——「並非不眞實和並非不體貼」，描繪出了兩個枕邊人已到了無話可說的困境，不愛不恨，因而只剩沉默無言的冷淡。而這首詩裡做爲過場的中段，則是藉著描述外部來對照兩人內心的孤獨。兩個枕邊人，無言以對，在冷漠的尷尬中，屋外是半息不息的風聲和聚散不定的烏雲，以及幽黯無情的城鎮。難道世間的無情冷漠，乃是摧毀了有情人間的元凶？拉金藉著無情世界的對照式描述，來襯托出那「相互隔離的獨特距離」，人間情愛的荒涼，已盡在這種對照的無言中。

拉金乃是廿世紀末期的頂級詩人，他最善於藉著精妙無比但又準確的明暗比喻，來刻畫現代人生以及社會的變遷，包括生命意義的流離。若將廿世紀後半期英國詩人排名論列，拉金無疑的會被排爲第一。他的這首〈枕邊細語〉，不就正顯露出他的大師手筆嗎！

正義愛情

每個人都殺掉他的所愛
　這種事大家都要傾聽；
有些用痛恨的眼睛
　有些則用甜言蜜語的奉承；
懦夫以一吻而造成這種結果
　莽勇的人則靠著刀棍。

有些殺掉所愛當他年輕
　有些則在老朽的時候；
有些用慾望的胳臂勒死

有些則用那金錢的雙手；
最仁慈的用匕首，因爲啊
對方很快就冷冷的死透。

上面這些詩句，出自大詩人作家王爾德（Oscar Wilde, 1854-1900）的長詩〈瑞丁監獄之歌〉。這首敘事歌謠長達六五四行，乃是他最著名的作品。這首詩和前面所引的詩句，都既是典故，而又有深意。

王爾德乃是同性戀身分被公開的先驅。當時他和一個貴族道格拉斯爵士（Lord Alfred Douglas）相戀，對方的父親深感不滿，公開醜詆王爾德，而他又非常不聰明的一狀告到官裡，最後反而是自己被依「行爲不檢」的罪名，判處在瑞丁監獄裡服勞役兩年。這次入獄是他畢生最大的災難，也是後來落拓早逝的主因。

在瑞丁監獄裡，他看到了一個因爲殺妻而判絞刑的死囚，於是，他的長篇敘事歌謠〈瑞丁監獄之歌〉遂告出現。前面所引的詩段，在整首詩裡不斷以全部或局部的形式反覆出現，乃是整首詩的主題。

在這首詩裡，王爾德藉著敘述那個殺妻死囚的故事，以一種略帶嘲弄，但又直指人間現象本質的態度，提出了一個很重要的觀念，那就是該死囚殺妻該死，而他自己也因爲殺了所愛而欣然赴死，但我們呢？我們每個人不也都在用各式各樣的方式，或慢或快的在殺死所愛嗎？我們殺死所愛的方法，有的用嫉恨，有的用縱容，有的用莽撞，有的用暴力。儘管這種「殺」，不一定都是把人眞正殺死的那種「殺」，但它使愛被終結，使對方的精神長期的被凌遲，這種慢性的「殺」，其實並不比眞「殺」更仁慈。也正因此，在該長詩裡，王爾德遂一再宣稱，我們都是一種活在羞恥狀態下的人。Kill這個字有許多意義，它可以指殺死的「殺」，也可以指折磨、結束，那種慢性的「殺」，王爾德藉著這個字的多重意義，以此「殺」來和被「殺」對比，提出他的愛情正義觀。他的這種觀點在以前或許會被認爲太極端，但在目前，相信許多人都會支持他的這種見解。

獨自快樂一生

他們不適於做保鏢
護衛別人的快樂幸福——瑪莉安．穆爾

對於婚姻問題，談得最激烈的，大概非瑪莉安．穆爾（Marianne Moore, 1887-1972）莫屬。她早在一九二三年的詩集《婚姻》裡，就寫出了這樣的態度：

這種體制
有人或許認爲是
基於尊重而產生
並認爲一個人不需改變
自己的心
對自己曾有過的相信
應要求公開承諾

自己的心意
以實現個人的義務

而我則懷疑當時亞當和夏娃
如何想這個問題
這種如同被火鍛的鐵
勃勃的閃著金光
它看起來何等輝煌——不過是
一種循環的習慣和詐欺
造成許多傷害
對於這種犯罪式的機詐
應當避免。
除此之外，她也如此說道：
最關鍵的缺點

在這第一次有如美麗水晶的實驗裡
這種人與人的相配
永遠不會比
一種有趣的不可能還多。

而瑪莉安・穆爾會寫出這樣的詩句，最主要的應當仍在於自己的家世。她父親早年精神崩潰，送進醫院，她從小就沒見過。她的母親住在娘家，除了安養父親外，還要養一子一女。這樣的出身，當然使她畏懼婚姻；此外，瑪莉安・穆爾也寫過在女子學院受教育的啓發：

她說，「男人是壟斷者
控制著星辰、勳章、獎牌
以及其他閃亮的無用之物
他們不適於做保鏢
護衛別人的快樂幸福。」

瑪莉安・穆爾視婚姻爲「犯罪式的機詐」（Criminal ingenuity）和「有趣的不可能」

（Interesting impossibility），這種態度究竟是對是錯，可能仁智互見，不過由美國婚姻兩對即有一對難以維繫，可見她至少對了一半。

瑪莉安·穆爾乃是詩學現代主義最重要的女詩人。她出道極早。當大詩人艾略特、龐德等人藉著辦《日晷雜誌》等形成現代派之際，穆爾即被那些超級大師們看中，成了現代派唯一的詩人女明星。艾略特於一九二二年獲「日晷獎」，穆爾則於一九二四年獲獎，她地位之高，由此可見。後來她並接下《日晷雜誌》的編務。做爲一個女詩人，她在一九五〇年代之前，就已得過一切詩人可以得到的獎——唯一沒有的是諾貝爾獎。因而她的後半生遂成了紐約主要的女文化名流。她長得清瘦漂亮，喜歡戴三角帽，繫黑色披肩，得過十五個榮譽學位，獨自一人過了快樂的一生。文學史家早已發現，頂級的女作家及詩人，差不多都是終生不婚，瑪莉安·穆爾也在這個行列之中。

〈離婚〉進行曲

起初只是難以察覺的皮膚顫慄——
「隨便你」——顯出了人情的最黑暗。
「你有甚麼毛病？」——沒事。疲憊的
相擁之夢。翌日清晨
兩人看來已都不同，怪異的稜角
有如鋒刃般的誤解。「上次，在羅馬——」
我沒有說過。一陣停頓，憤怒得發抖
一種恨、詭異的。「這不是問題的關鍵」
重複。非常的清楚，確定：
從此以後全都錯了。不再芬芳。尖銳

像護照相片，那個不再認識的人
在桌前，一杯茶，瞪著眼。
不對勁，不對勁，不妙
腦袋一直這樣想，有點想吐。
相罵早已結束。漸漸的整間屋子
充滿了罪惡感直到天花板。
抱怨的聲音很陌生，不再有
跳腳的砰砰聲響。
接著，在空盪盪的餐廳
遲緩的移動，打理麵包屑，談到錢
笑了起來——帶著金屬般的點心味道。
兩個不能相碰觸的人，尖銳的冷靜。
「別那個小氣」，但到了夜晚
報復的念頭，無聲的戰鬥

像兩個猙容的律師，水中兩隻螃蟹
而後是筋疲力竭，漸漸的
疙瘩脫落了。將來要找新店買菸
一個新地址。放逐者，可怕的放鬆
形貌更蒼白。這些是要簽的文件
這是鑰匙串。這是疤痕。

這首有點長的詩，任何人只要瞄過，就會知道它說的是甚麼。它題為〈離婚〉，出自當代德國主要詩人艾恩承斯柏格（Hans Magnus Enzensberg, 1929-）的手筆。它把離婚的全程，以非常具象而精準的方式，詳細的揭露了出來。

艾恩承斯柏格，乃是第二次大戰後的德國重要詩人，對各類社會及文化現象有極尖銳的批判力量，被認為是劇作家兼詩人布萊希特（Bertolt Brecht, 1899-1956）的傳人。由於他長期以來皆執編重要的批判雜誌《時間表》，對德國發生過極大影響作用，因而他同時也是主要的「公共知識分子」，在德國有大師級的地位。

這首〈離婚〉，從夫婦的相看兩不歡說起，把離婚過程的每個階段娓娓道來，讓人有會心之感。第二次大戰後，由於社會及價値的改變，夫婦到白頭已愈來愈難。美國每兩對配偶，有一對以離婚作結。在台灣，則是每三對有一對離婚。離婚率的持續增加，所反映的是由於愛情太容易得到後的感情荒涼呢？或是社會改變後男女平權，因而容忍與尊重的淪喪？或者是男與女的戰爭持續升高？這些問題近代已討論得極多。但無論如何，離婚終究是個傷疤，由〈離婚〉這首詩的敘述，可以看出這個傷疤還眞是不小！

今生的偶然

我們踏進電梯間，就我們兩個。
相互凝望，僅止於這樣。
兩個人生，一個瞬間，豐富而美好。
她在五樓離去而我繼續向上
心裡知道永遠不會再相遇，
這是只有一次而也是全部的邂逅，
如果追隨著她，我將在她軌道上
失去自己的人生，而她走向我
也只會是在今生之後。

這首非常好的短詩，出自近代捷克詩人霍南（Vladimir Holan, 1905-1980）之手，詩名

〈電梯間的邂逅〉。這首詩很自然的會讓人想起徐志摩的〈偶然〉：

我是天空裡的一片雲
偶爾投影在你的波心——
你不必訝異，
更無須歡喜——
在轉瞬間消滅了蹤影。
你我相逢在黑夜的海上，
你有你的，我有我的，方向；
你記得也好，
最好你忘掉，
在這交會時互放的光亮。

到了今天，我們已經知道徐志摩其實是個用情非常不專的人。他感情空虛，需要被大量的愛來灌溉。這種對愛情的饑渴，使得他急著要把只是短暫的邂逅固定成愛情。他猛追林徽音（林徽因）不著，又追陸小曼。〈偶然〉即是追求林徽音失敗後之作，但那只是短

暫的覺悟與清醒，很快的他又在追求陸小曼裡變得迷糊

無論〈偶然〉或〈電梯間的邂逅〉，說的都是對人生與愛情的一種態度。生命裡有許多事情都是偶然，有偶然當然也就會有惆悵，但對這些偶然最好是以感謝的心遠觀，而不宜近褻強求，否則人生就會爲此而忙亂不堪。如果一個人對每個邂逅的女子都要請問芳名，留下地址，這搞得完嗎？

寫〈電梯間的邂逅〉的霍南，我們並不熟悉，但卻是廿世紀捷克的前幾名人大詩人之一。他和一九八四年獲諾貝爾獎文學獎的塞佛特（Jaroslav Seifert, 1901-1986）同級，都是以探討人生哲理取勝，被稱「形上學詩人」，但因霍南早死了幾年，遂與諾貝爾獎交臂而過。

由〈電梯間的邂逅〉就想到霍南另一首可以對比著來讀的作品〈爲己〉：

太多蘋果卻無蘋果樹
因而現在再也見不到蘋果。
太多的激情卻沒有了愛
現在遂失去了神聖的名

每個人都爲他自己
我們有的時間都只是刹那
它無法長久。
多注意久遠的時間，不要只看著短暫的瞬間，不但對愛情應如是，對世事不也相同！

真切的情感

現在他見到了香香姑娘
即將回到自己的游擊隊上；
她跟他走向山裡的溪谷
在水邊停下了腳步。

這裡都是褐黃而黏滯的土
他們都難舉步，在這小溪轉彎處；
「讓我們用它捏兩個泥人
俾抓住彼此思念的心情。」

「一個是你而另一個是我
就像是活著的人兩個。
如果泥人沒有了生命的魔力
將來的小孩就不會綿綿生育。」

「當你再把它們打碎
它們將會重新活回；
再捏一個你和一個我
兩個泥裡都你我混合。」

「這時你的血肉裡有我
而我的血肉也在你的裡面存活；
我倆哥哥妹妹
將永遠的相隨。」

「而泥人妹妹這樣的捏好
她總是不停的在那裡哭號；
哭啊哭，哥哥回來
哥哥回來，趕快趕快！」

這首〈中國民謠〉，出自當代英國詩人恩普森爵士（Sir William Empson, 1906-1984）之手。他和近代中國的淵源極深，有他這種經驗的，舉世沒有幾個。

恩普森出身劍橋大學，最先唸數學，而後改攻文學，他天才洋溢，年方廿四歲就發表了影響近代文學理論至鉅的經典著作《論歧義的幾種類型》，從此奠定了他在文學理論界的地位。一九三一至三四年他應邀至「東京文理大學」執教，因為不能忍受日本軍國主義的興起，憤而離去。接著他於一九三七年赴北大執教，一直教到西南聯大的時期，一九四〇年才返回倫敦。但接著，他又於一九四七年返回北大教書，教到一九五二年才離去。他是親眼看到中國大陸江山變色的少數西方學者之一。離開中國後，他一直在英國的薛飛大學教書，一九七九年因為傑出的貢獻而被英女王封為爵士。他地位之高，由此可見。

恩普森爵士這首詩把我們都熟悉的民謠〈你儂我儂〉放了進去，這種譬喻在西方從未曾見，因而長期皆被列為英國的名詩。而他會寫這首詩也有個典故。在抗日戰爭期間，有個中國著名的鄉土詩人李季（1922-1980），以陝北民謠「信天游」的格式，寫了一首長篇敘事詩〈王貴與李香香〉。這首長詩在政治上屬於左派，但男女感情則寫得很眞切，中共革命成功後，該長詩被推為「工農兵文學」之首。恩普森爵士讀過這首詩。因而他遂藉著李香香這個名字，把她和〈你儂我儂〉相混，寫出了這首重要的作品。這首〈中國民謠〉原詩為隔行韻，我在翻譯時將它改為雙行體，每兩行一韻，因為陝北的「信天游」民謠體，乃是兩行一韻的形式，李季的〈王貴與李香香〉即是用這種形式寫成的。

恩普森爵士是少數參加過中國抗日的外國學者和詩人，而且還可能是地位最高的外國人，讀這首詩，我們不要忘了這個人！

卷二 呼喚心中的聖獸

回來吧，回來告訴我
離開我是甚麼滋味。

——美國詩人崔琦兒

必須重新出發

上帝誠然美好但
祂也必須重新出發——金賽拉

愛爾蘭經過兩次文藝復興，第一次以葉慈（W. H.Yeats, 1865-1939）那一代爲主，他們使愛爾蘭文學取得了與英國文學並駕齊驅的地位。而第二次則是諾貝爾詩人悉尼（Seamus Heaney, 1939-）前後一、兩個世代所做的努力。他們向本土深化發展，再創新的黃金時代。

而金賽拉（Thomas Kinsella, 1928-）即是第二次文藝復興的主力之一。他有系統的重新發掘、整理以及再創中古愛爾蘭的文學傳統。但除此之外，他也針砭當代事務與探索心靈。一九八五年，他曾寫了一系列的《心靈之歌》（Songs of the psyche），其中有兩首很值得我們回味。

一首是〈兄弟情〉詩曰：

我向你伸開雙手
兄弟。

這衝動的理由並不清楚：
你的行爲和你的工作
我都不能理解。

但我還是伸開了手
手掌的柔軟皮膚相互碰觸。

事情經常會自己解決
但卻有一個聲音在耳邊響起：
現在是春天，沒時間來搞親切善意

我們要記住秋天的凌厲
於是我把你的手急忙摔了開去。

這首詩講人在善意行爲上的徘徊猶豫。在善意萌生的時候，總會有過去的記憶在扯它的後腿，張開的手又縮了回來。小自人際，大到兩岸關係，甚至世界的緊張，不都可以在這首詩裡找到一些影子？

與這首詩相通的，還有另一首〈對立面〉：

愛是新生的力量
在榜樣的認可與顯揚中。
而慳吝的記憶是它的對立面
在我們的唇間洩漏。

我們的嘴被內心的祕密所關閉
那榜樣的影子因而漸漸離去。

金賽拉的這兩首詩，都在闡述一個根本的心靈道理，那就是人在走向未來，向上提升的同時，總是會被縈繞著的過去所拖拽，我們腳步踉蹌，走一步就退兩步，良有以也。他曾有過一段詩句，很可以做爲結論：

上帝誠然美好但
祂也必須重新出發
從某個地方，在那裡沒有
「我是」這種自我所帶來的疼痛

我一直認爲這個句子好得不得了。「我是」乃是自我關閉的象徵，「我是」使得人們不能眞的敞開心靈，不能完全的伸出手掌。當上帝也必須在沒有「我是」的地方重新開始，何況人呢？

不在冗贅中虛耗！

這是甚麼樣的人生，充滿煩愁
若我們沒時間停留下來凝眸？——戴維斯

人都必須工作，有工作始能有收入。

但對工作的定義和要求，則隨著時代而改變。在現代社會的初期，人們必須為工作而工作，有工作就很偷笑了。但愈到後來，人們愈希望工作不只是領份薪水而已，還希望工作的本身，也能滿足人們的自我意識。有些工作看起來不錯，實質上則是虛耗著人生。

對工作態度的改變，美國詩人羅塞珂（Theodore Roethke, 1908-1963）的這首〈悲哀〉（Delor）很具有轉捩點的意義！

我知道鉛筆無奈的慘然
亮麗的在筆盒裡，墊板與書鎮的悲哀
呂宋紙匣和膠水的全部淒涼

寂寞的在整潔的地方攤開
孤獨的會客室、化妝間和總機室
洗臉台和水壺一成不變
影印機、文件夾等總是老套
生活和物件無休止一再重複。
我看著辦公室牆上的塵埃落下
比粉細，有生命，危險甚於矽灰
沉落，幾乎看不見，在冗悶的午後
到指甲和纖細眼簾上成了薄膜
看著蒼白的髮，重複的制式灰黯臉孔。

羅塞珂的這首詩，緊湊而意象深沉，把辦公室工作的重複瑣碎，以及催人老的特性表露無遺。這是對工作性質的省思。

而由這種對工作本身所做的內部省思，遂必須想到有關工作外部的省思。英國自然及旅遊詩人戴維斯（W. H. Davies, 1871-1940）有一首〈休閒〉，可爲代表：

這是甚麼樣的人生，充滿煩愁
若我們沒時間停留下來凝眸？

沒時間到樹蔭下佇立
久久看著牛羊嬉戲。

沒時間看，在大白天
溪流光影閃耀，如夜空燦爛。

沒時間去追隨伊人的美目
看她纖纖玉足，如何飛舞。

沒時間等著看她嘴角輕動
豐富了雙眼開啓的笑容。

這是多貧乏的人生，充滿煩愁
若我們沒時間停留下來凝眸。

由於深感人生貧乏，案牘勞形，戴維斯遂以觀察自然和旅遊寫作爲其志業。他曾多次跨大西洋，到美國各地走透透。在廿世紀初，歐美由於生產力提高，工時縮短，休閒的時間增加，「休閒」開始成爲新的課題。戴維斯的詩有著它的時代意義，他的感性細緻尤其爲人稱道。

「工作」和「休閒」乃是一體兩面，我們要怎麼看這兩個問題？

等待喜雨！

奔瀉的雨珠搜尋著堅硬的荒地
彷彿要修補失去活力的根芽——維里

雨有許多種分類的方法，以人爲本位，最好的是喜雨，最慘的是苦雨。

苦雨是那種永遠沒完沒了，滴滴答答，讓人發霉，讓人不能出門的憂愁之雨。

而喜雨，則是《孟子．梁惠王下》裡，所謂「若大旱之望雲霓也」之後所等到的雨。

白居易的〈喜雨〉可稱代表：

西北油然雲勢濃，須臾滂沛雨飄空；
頓蘇萬物焦枯意，定有秋郊稼穡豐。

而此刻的台灣，我們正在等的，就是這種喜雨。最近這段期間，儘管天天還是有政治人物在那裡吐槽，可是人們看電視，最關心的還是氣象，希望有鋒面過境，帶來豪雨，去年我們被雨嚇怕，今年則盼水到了眼爲之穿的程度。而打開報紙，大家最關心的則是限水消息，雨和水，已成了人們的心頭重擔。

人們盼喜雨盼到焦急不堪，這種心情實在很像十九世紀美國玄學詩人維里（Jones Very, 1813-1880）在〈遲來的雨〉這首詩裡，把人的心情加進去所寫的雨：

遲來的雨——落下帶著焦急
灑向太陽燒烤的田野和禿禿的枝椏
奔瀉的雨珠搜尋著堅硬的荒地
彷彿要修補失去活力的根芽。

維里詩裡的這四行，寫得生動有致。他把焦急的人投射成了焦急的雨。當雨變得好像有了生命，人們盼雨的心情也就更加的被強化得表露無遺。

喜雨，其實也就是及時雨，它最好在災象快要形成，但還未形成之際落下。這種雨讓人感激涕零。美國早年的詩泰斗朗費羅（Henry W. Longfellow, 1807-1882），寫過一首很長的詩談雨，談雨給他的人生聯想。其中的兩段就很有喜雨的滋味。其中的一段是：

病熱的人面對著窗
望著雨水蜿蜒的形狀；

他感受到清涼的氣息
在每顆小小的雨滴裡；
他昏沉的頭部
又重新得到平撫
當他呼吸著這雨的祝福。

其中的另外一段則曰：
在這個國度的每個地方
無邊無際的寬廣
都旱裂成豹皮的塊塊形狀；
它延伸到平野田郊
一片枯草和更枯的麥稻
多麼期待雨的來到。

等待喜雨，焦慮的人始能重展笑靨。這雨，何時會來到！

希望的新世界

我們多希望一個更適於居住的世界
能夠突然的躍現——波士奎

近讀當代法國詩人波士奎（Alain Bosquet, 1919-1998）的詩選集，對其中一首〈新世界〉特別有感。詩曰：

我們多期望一個新世界出現
突然的——如同遠航
到了許多綠島間。
我們已對自己這個世界筋疲力竭
撕爛它、改變它，試著
把它推向完美。
如同一株高貴的花——遙遠的——

即將成爲一棵樹，而後
將培育成林；
我們多希望一個更適於居住的世界
能夠突然的躍現
在這裡我們長得更好更聰慧
最後還能學得
接受我們自己。
彷彿一種遙遠而年輕的樂聲走來
越過沙灘，它聲音的翅膀
幾乎依稀難以聽聞……
而我們多麼希望一個新世界
——完全的陌生而且不同——
深深走進
我們的身體，變成

我們的心靈。
我們將不會讓它離去——因為
我們已浪費
太多身體，虛耗了
太多心靈。

這首〈新世界〉乃是波士奎同性質的詩裡，寫得最正面且清楚的代表作，充分顯示出他對此世之倦怠。他有一篇文章〈年過六十七有感〉，寫自己對詩的觀點：——「人類的存在日益艱難，只有想像無價。而這乃是我後期詩風所繫：想像著不同的人類，不同的神祇。詩是明天的眞理，是看不見的證據。詩是天眞的行動，但帶著完全顚覆的機智。……因爲我遇到的是個錯誤的世紀。」

波士奎是俄國文化世家子弟，他的父親即是俄國第一個翻譯里爾克的文學家，他們家在俄國大革命後逃離，經保加利亞到比利時定居，二次大戰時德軍入侵比利時，波士奎應徵入伍，比軍敗後他又加入法軍，在戴高樂麾下的《法蘭西之聲》報紙擔任編輯。後來他又加入艾森豪在倫敦的盟軍最高指揮部，戰後他到法國巴黎大學完成學業，而後即一直在歐美之間來回寫作及執教。他寫過十七本小說和許多詩集。由於橫跨歐美俄三種文化，加上他人脈廣闊，他也是廿世紀活動力最強的詩人之一，在國際文壇也地位極高，近代幾乎所有大作家和詩人都是他的朋友。

然而，儘管名聲顯赫，但流亡及戰爭的經驗，卻使他對世界極爲失望悲哀，經常以銳利的辭鋒表達對人世的不滿。有另一首〈機器〉可以爲證，它可以與前詩相互參照：

讓我們重新發明這個機器：人

一個儲藏室有許多心
一間店鋪充滿了枯骨
一隻眼睛只看得到
從頸子到肺部的距離。
有六個肚臟
用其中之三來消化焦慮。
一根肌筋可以把無限變成蟑螂。
而我們的昏亂由何而來？

或許只有某些樹
——甚或石頭——
才可以稱爲人類而當之無愧。

人生的生存情景

我們這時一起壯大。我消耗著你
這種消耗也將被消耗掉——安妮．史蒂文森

最近，讀當代女詩人安妮．史蒂文森（Anne Stevenson, 1933-）的詩集《另一間房子》（The Other House）。對她而言，「另一間房子」指的是心靈之屋，用來安頓自己的記憶和對生存狀態的感思。

安妮．史蒂文森乃是人們非常陌生的名字，但在當代女性詩界，她卻極享盛譽。多年前，她以整整四年的研究，完成了當代傳奇女詩人普拉絲（Sylvia Plath, 1932-1963）的傳記《苦澀的聲名》（Bitter Fame），曾受到極大的討論與爭議。這本傳記也使她在文學界和一般讀者裡聲名大增。

安妮．史蒂文森的父母爲美國人。由她的詩作，可以得知她的父親是大學教授，有極深的鋼琴造詣。她出生於英國，後來赴美求學，學成後又回到英國，自己開了家詩書店。

由於她喜歡英格蘭及威爾斯的大山秀水，後來的日子都在這兩地度過。她寫詩近五十年，出版詩集十餘冊，後來雖升級爲祖母，寫詩仍未間斷，可稱英國當代主要詩人之一。

安妮的詩作，有些極富女性色彩，但就整體而論，她顯然無意於突出這點，毋寧更希望藉著詩來探索當代人的生存情景。這也使得她的詩在抒情和述感的同時，也有極強的主智色彩。這種特性在女詩人裡並不多見，這或許與她的歷史及思想史造詣有關。

在《另一間房子》裡，主智的作品有許多首。由下面這首〈群眾〉足可舉一反三：

九頭海怪
縱使牠頂著頭上的冠飾
也料想不到——
我的每個頸脖
都有著不同的名字
我們表情如一
它所以如此

乃是我們之間的緊張所致
如同植物觸鬚間的均衡
影響到
這個世界的綠

極大的胃口和吞吸之力
連結著我們如契約天成
在很早以前。爲何
我們必須戰爭？
我們這時一起壯大。我消耗著你
這種消耗也將被消耗掉
它需要更多
永遠不可能滿意

這首詩把近代「群眾」的本質，非常提綱挈領的表露無遺。希臘神話裡的九頭海怪

（Hydra），儘管多頭，實爲一身，也服從於海怪單一的意志。而今日的「群眾」，雖然巨大無匹，但卻有著千千萬萬個名字，各分畛域，靠著相互間的敵對緊張而維繫，靠著戰爭而成長凝聚。它也就永遠在這樣的狀態下，彼此消耗吞噬。所謂的「群眾」，不就是這樣嗎？

因此，請記住這末尾金句：

What I
consume you shall
consume more must never
be enough.

冷漠是心靈之惡

人們已變得溫厚，不會讓祂痛苦
只是走過街道，棄祂獨自在雨中——斯圖德特・肯尼迪

廿世紀初，英國早夭詩人斯圖德特・肯尼迪（G. A. Studdert-Kennedy, 1883-1929），曾經寫了一首〈冷漠〉，言淺意深，可列入名詩之林。

當耶穌來到各各他被人們吊到木幹上
用大釘穿過手和腳，那裡被稱髑髏地
他們爲祂戴上棘冠，鮮血深深染紅了傷口
那是殘酷的狠心時代，人命賤如狗

而今耶穌來到伯明罕，人們匆匆身傍走過
沒有傷祂一絲一髮，只有任祂死亡

人們已變得溫厚，不會讓祂痛苦
只是走過街道，棄祂獨自在雨中

而耶穌仍在哭泣：「原諒他們
他們不知道自己做了甚麼。」

而雨下著，這冬雨讓祂溼透溼透
人群返回家中，街上沒有一人看顧
但耶穌則匍匐牆角爲這髑髏地哀哭。

這是首絕佳的警世詩。從廿世紀後半期開始，人類文明隨著物質化與體制化程度的加強，一種新的虛無主義傾向日益明顯，人們已知道在一切都如此複雜的時代，改變已注定不再可能，因而浪漫主義不再有生存的空間，並將一切對外在世界的希望與想像，往自己身上轉移，而物質化的發展也恰恰好的可以滿足人們的這種需求，於是，拜物轉成戀物，浪漫則變爲對性的耽溺。這是一種被歷史條件所制約而形成的有理由的自戀與自私，人們不再關切別人，也不再相信古典時代努力以赴的諸如「超越」、「救贖」等課題。以前的宗教家鼓勵博愛，認爲當我們事奉窮人，就等於事奉天主，但今天的人則認爲窮人乃是因爲他們懶惰、不上進所致，因而吝於付出同情。這是集體的冷漠寡情，它已切斷了人和更好可能性的接觸，縱使在街道上和耶穌相見，我們也不可能將祂認出。宗教當然還繼續以一種體制而繼續維持，但它在鼓舞信心，讓人謙卑自制，追求更好自己這些方面，已不再有任何角色。斯圖德特・肯尼迪的這首詩即指出，我們在冷漠中，已使得整個世界都成了髑髏地。

由這首〈冷漠〉，就讓人想到十九世紀詩人湯姆森（James Thomson, 1834-1882）所寫的近千行長詩〈可怕夜晚的城市〉。湯姆森是人類詩史上遭遇最慘的一個。他八歲成爲孤兒，因爲赤貧而從軍，駐紮在愛爾蘭時邂逅一名少女，但他的愛人卻又死亡，於是他憂鬱並酗酒，四十八歲流浪倫敦街頭而死亡。但他雖然人生失敗，長詩〈可怕夜晚的城市〉卻無疑的成了愈到後來愈爲重要的經典之作。這首詩以狂譫手法說盡人間的墮落，最後上帝之眼顯現，祂眼睛赤紅，在深鎖的眉皺間，大聲說了許多話，在此可以第一句作結：

啊憂愁的弟兄們，黑暗、黑暗、黑暗

在無槳的黑色激流中掙扎

啊不潔之夜裡妖異的漂泊者
在這些無光的歲月裡我爲你們滴血
苦澀的血滴落下如淚
啊！黑暗、黑暗、黑暗，不再歡樂與光明。

生命中的碎片聚散

分不開，每一個瞬間
都包含了昨天所有的碎片——米瓦什

「感傷」（Sentimentalism）在浪漫主義時代，曾是重要的文學元素。到了近代，詩與文學愈來愈理性掛帥，感性退位，於是，Sentimental 這個字也被污名化，並被認爲是代表了濫情和多愁善感，而我們也就愈來愈難看到感傷的詩了。

最近讀諾貝爾詩人米瓦什（Czeslan Milosz, 1911-）所編的詩選。他人大才大，敢於不受條條框框之限制，因而詩選裡收錄了許多看起來實在很感傷的詩。其中有一首立陶宛裔詩人佐立納斯（Al Zolynas, 1945-）所寫的〈課室之愛〉，的確很感傷，但該詩能把老師對學生之愛清楚的表達出來，確也非常動人。有情始能感傷，只有在情之極處，感傷的好詩才會出現。在這個師生分離的畢業季節，〈課室之愛〉格外讓人難以忘懷。

〈課室之愛〉全長約五十行。作者寫他教的那一班，學生來自全世界的每個角落，有阿拉伯人、非洲人、南太平洋人、中國人和日本人。有一天上文法課，他要學生們把一段課文拆開，找出其中的十個句段。這是文法造句裡「整體和片段」的題目，而就在學生埋頭書本上在那裡拆解句子時，當老師的他，思緒卻隨著課堂外的鋼琴聲而起伏。詩裡最重要的是這三段：

旋律流漾過教室
在我們四周，宛若音符碎片
它起伏，感覺像中東曲調
也可能是爵士或藍調，或可能
是來自任何地方的任何音調
我坐在桌上靜候
一種感覺無端的突然出現
甜美，但卻又是對學生們的疼痛之愛

「別再寫了，」我想大叫。

「我對句子的段落並不感興趣
找不找得出來並不重要。每件事
都是段落的碎片，但也都不是碎片
聽聽這樂聲，它一段段
但又這麼整體。我們豈能將它拆開
如陽光從它照耀的青綠中分開
分不開，每一個瞬間
都包含了昨天所有的碎片
以及我們明天將會知道的所有事情。」

而終究，我還是膽怯無言
音樂突然停了下來
他們也完成了作業
我們講解正確的答案

我們完成了

把部分從整體中分開。

這首詩寫得十分感傷，也給人很豐富的聯想。他所謂的對學生們的「甜美但又疼痛之愛」是甚麼？是因為他對教導學生句子段落這種無用之事覺得傷感？或者是「段落」、「碎片」、「整體」這些概念，讓他想到更多事情，如他的學生由恍如碎片般各種人所組成？或師生間有如碎片般的偶然聚合，將來也會像碎片般分開？但大家又將如何掌握那說不清的「整體」？這首感傷的詩，意在弦外，相信無論當老師的或學生的，讀了之後，也一定會被它那不明言的感傷所染。但無論「整體」也罷，「碎片」也罷，我們對生命中有如「碎片」的聚散，都應有依依的情懷吧！

打開握緊的雙手

它不存在於目的之中
卻由打開的雙手掌握——悉尼

多年前，愛爾蘭詩人悉尼（Seamus Heaney, 1939-）尚未得諾貝爾獎之前，曾出版一冊《靜觀萬物》（Seeing things），我對其中的一首〈乾草叉詠〉（The pitchfork），即至為驚讚，並曾在他得獎後所寫的介紹文章裡，特別提到這首詩。

最近，旅美學者許達然教授返台講座兩週，承他贈送新版的《牛津英詩選集》，收錄的詩人到悉尼為止，該選集只收了悉尼四首詩，〈乾草叉詠〉即在其中，是那本厚厚一大冊的最後一首詩。該選集的編者想法顯然和我接近，讓我覺得很欣慰。在此，特將這首詩全譯如下：

所有器械裡，乾草叉
最接近想像中的完美：

當他抓緊抬起的雙手並以叉對準目標
它彷彿變成了標槍，準確而輕靈。

自此無論他成爲戰士或運動選手
抑或專心於打穀除糠
他深愛它愈變愈大的紋理，褐斑白楊木
因他的自然摩挲而更加光滑。

被鉸上的鐵，車床加工後的木頭
打磨得滑潤，肌理清晰
平順、質樸、圓實、延伸、光潔
被汗水浸透、尖削、均衡
反覆測試，密實嵌上
富於彈性，叉的拋擲

而後當他想要探測它最遠的極限
他就會看到乾草叉柄航行
平順、鎮靜自若的劃過天空
它又向星辰，絕對的寂然無聲

但最後他卻學到追隨這簡單的啓示
通過它自己的目標，卻走向另外一端
在這裡，完美——或接近完美被認爲：
它不存在於目的之中
卻由打開的雙手掌握。

在這首名詩裡，悉尼所談的，乃是物的「目的性」與人的「目的性」。乾草叉是一種物，它讓人想到標槍和種種其他物體的道理，但眞正掌握物之「目的性」，則無疑的仍在於人，因此物之「目的性」，最後仍在於人的手掌。當人掌握著物，那就是被物之「目的性」

所引導，只有打開手掌，物始被人所駕馭。當然這也意味著人間和平的到來。悉尼藉著這首詩，同時也等於在委婉的談北愛爾蘭的種族及宗教衝突，只是他談得十分高竿，因而不露痕跡。

悉尼自己曾在一個場合解釋過這首詩。我也將它譯出，俾讓人更知道它的旨趣：

「這首詩是在北愛爾蘭德里郡我父親嘸氣的老宅裡所寫的。這間舊宅有著某種空間的影像，我認爲是寂靜和怪誕。但如同你們所想的，它也可能代表了邪惡與攻擊性。因此，乾草叉遂變成了一種彷彿火箭或其他甚麼樣的東西，而我卻想透過乾草叉，到達你們所看到的另一境界。因此，最後的詩節非常明顯。它要說的是：讓我們繼續的走向另一種經驗。打開的雙手是鬆開拳頭和慷慨的象徵。詩人米瓦什說過：『打開過去握緊的拳頭。』而這一點是非常不容易達到的境界。」

非關悲劇

太堂皇了那些最壞的事
絕大多數的我們都會碰到。
我們因心臟病而痛苦，並死於災難。
想著失控的卡車
在高速路上，或橋樑
即將崩塌。想想恐怖分子
正在安放炸彈。

我們沒有任何人
能免於這樣的景象。

著陸觸地，而後飛機爆炸
只有少數存活，數百具屍骸
散落在玉米田間。
稱之「災難」顯得不夠，而且也太殘酷。

這時或許已可以去忘掉
那字的古老定義；「悲劇」爲何要
用到有身分和知識的人身上
它依靠著人們潛在的弱點
一種不可避免的墮落，它使得
死亡看起來高貴和必要。

這首詩，名爲〈爲甚麼悲劇是個錯誤的字〉，出自當代美國重要詩人雷布（Lawrence Raab, 1946-）的近著《可能的世界》。在它平易的文辭裡，有著深刻的道理。

對西方文學史有理解者必都知道「悲劇」這種類型。希臘三大悲劇作家，莎翁四大悲劇，許多人也都能琅琅上口。而有關悲劇的問題，最早也是最經典性的討論，則見諸亞里斯多德的《詩學》。他把「悲劇」的定義和「命運」相連，悲劇與善惡無關，而是人性脆弱所致，而悲劇主角則多半爲身分高貴的人。當悲劇被這樣定義之後，人間的許多不幸，也就似乎有了存在的理由。而有理由也就意味著可以被忍受。

而在貴族名校威廉斯學院任教的詩人雷布，卻顯然拒絕接受這樣的觀念。他不認爲有「悲劇」這樣的東西，我們所不願用的「災難」，或許才更貼切。「災難」起源於失控、錯誤，甚或無能，它不是命運。死亡就是死亡，不能因爲套上了「悲劇」之名，有些死亡就變得高貴和必要。

雷布的這首詩，非常值得玩味。他用另外一種更高的、更理性的標準看悲劇，和亞里斯多德唱反調。根據他的觀點，我們可以說：人間的災難多半皆無能、錯誤、愚蠢、荒誕所致，它們都非關悲劇，也沒有可以原諒的理由！

呼喚心中的聖獸！

突然之間我了悟到——
我是某種過去不是的東西。
彷彿我那獸的一面

已成熟到了一定程度並賦予它
權威，且開始運作。

我想到死已整整兩年了。
我的獸在它的籠裡敲打撕咬
直到我將它釋放，注視著它

漂進天色微明的自在漩渦中
而後轉向消失，對我並不認識。

我非鳥但卻被一種精靈寄棲
它提高我。它是我的獸，我的聖
我的戰士，我渴望的火焰。

回來吧，回來告訴我
離開了我是甚麼滋味。

這首〈聖獸〉（Saint Animal）出自當代美國女詩人崔琦兒（Chase Twichell, 1950-）之手。崔琦兒的丈夫是美國著名小說家班克斯（Russell Banks, 1940-）。他們都獲有極高的評價。

〈聖獸〉是一首非常值得玩味的作品，它說的是天人交戰的問題。我們每個人都有兩面性，一面是肉身部分，它是人們存在的基礎，但也是限制，由於對限制有所不滿，遂有了另一面的呼喚，它是聖，是人意圖提高自己的力量。於是能夠自我反省的人，遂勢不可免的必須永遠的天人交戰。在這首作品裡，「聖獸」所代表的是天，它照見了人的不堪，因而當「聖獸」在人心深處撕咬敲打的時候，詩人遂有了掙扎及想到死的念頭，最後是人的部分獲勝，代表了天的聖獸被棄。但沒有了「聖獸」的呼喚，不安卻仍然存在，因而詩人在詩末仍然期待著「聖獸」的返來。「離開了我是甚麼滋味」這一句，就讓人想到尼采所說的，「當失去了被照耀之物，太陽又有何意義。」

人都應該期勉自己成爲「某種過去不是的東西」，但這卻是極爲艱難的過程，於是我們遂一直在欲拒還迎、欲迎還拒中痛苦的來回，這是生命成長的道理，但能夠天人交戰總還是好的，它比許多自以爲天，自以爲永遠都對，或者麻痺到不知天人交戰爲何物的人，還是高明太多！

新「七宗罪」

當代歐洲主要神學家孔漢士（Hans Kung, 1928-），最近在一本書裡提到，他知道有個生意人，案頭放著發黃的紙片，上面寫著甘地說過的話：今日的世界有七宗罪，依序爲——

富裕但不勞而獲。

享樂但失去良知。

有知識卻沒有品格。

做生意而沒有道德。

搞科學但不知人文。

信宗教卻不懂犧牲。

弄政治但沒有原則。

「七宗罪」的概念，在基督教教義系統裡，乃是聖奧古斯丁「原罪說」的衍生。他將人的不完美性，以及意志驅動下爲惡的可能性定位成「原罪」。

後來，教宗聖大貴格利（Gregory the Great, 540-604）將它發揮並評分細論。根據他的分類，中古拉丁教會的修道院遂定出了「七宗罪」，並被規定在各種「悔罪補贖」的條例中。它分別是：懶惰、憤怒、好慾、饕餮、驕傲、貪婪、嫉妒。

中古歐洲的「七宗罪」，以人性裡的缺陷做爲中心而展開，當然有著古代的適切性。問題是，到了近代，人類互動已變得更複雜。過去的「七宗罪」是否還那麼優先，的確已值得考量。這時候，甘地將它現代化，重新定義新的內容，的確有他的高明之處，他所謂的「七宗罪」，所涉及的已不再是個人的道德，而是群體的倫理互動，以及面對未來時新的價值態度，假設由今天的世界亂象來看，我們不能不承認，甘地所謂新的「七宗罪」，實在是扮演著相當大的比重。

因此，今天重新撫讀甘地所說的「七宗罪」，它的警示意義實在有增無減。現在的社會之亂和世界之亂加劇，關鍵在於「自我」被極大化，於是，一切的價值都告淹沒，而人則將自我的褊狹視爲天經地義，或者爲達目的而不擇手段；或者將道德變成工具。人不再有別人，也不再會爲別人做任何事情。政治無原則的搞權謀，經濟無原則的搶錢，無節制的享樂，無是非的自以爲是，甚至連心靈寄託的宗教也都被自利化。這時候，甘地所說的「七宗罪」，不正值得我們也將它寫下來，放在案頭嗎？

境界對話

她將自己的孤獨化爲歌聲，
她是此刻這個世界的發明人——史蒂文斯

英國桂冠大詩人華滋華斯（William Wordsworth, 1770-1850），有次看到一位少女，一邊收割，一邊唱歌，因而寫了〈孤獨的收割者〉這首名詩。其中最重要的是這一段：

是否有人可以告訴我她在唱些甚麼？
或許這哀訴的旋律流漾
是爲了古老、不快、往事的曾經有過；
或那久久之前的戰場。
抑或它是更謙卑的樂音
說著人們現在熟悉的事情？
某種自然的哀思、失落或苦痛

它曾經到來，亦將再度發生？

華滋華斯是浪漫詩人，在那個時代，詩人本身有著崇高的權柄，可以主觀的去詮釋世界。當他聽到少女收割時的歌唱，遂根據自己的想像，賦予歌聲如詩裡所寫的那些意義。

而我們都知道，古往今來，詩人們經常都隔著時空在對話。華滋華斯的這首詩，肯定也被過了一百多年後的葡萄牙大詩人佩索亞（Fernando Pessoa, 1888-1935）所熟悉，於是，他遂寫了一首短詩〈少女收割者〉。這首詩雖然極短，但卻難譯，我折騰了許久，勉強由英譯將它翻出。

哦不，她是抽象的，如一隻鳥雀

是飛揚天空裡樂曲的聲響。

她的心靈歌唱無礙無絕

因爲這歌爲她而唱。

將佩索亞的句子和華滋華斯相對照，或許即會發現兩人的極端不同，華滋華斯以己觀人，試著根據自己的想像，賦予歌唱意義。而佩索亞則意圖跳脫出這樣的情境。他聽到的已不是少女在歌唱，它是飛揚天籟的一部分，歌爲少女而唱。他們兩人的這種差別，就讓人想到禪宗公案裡，「看山是山，看水是水」與「看山不是山，看水不是水」的心靈辨證。

而非常値得注意的，乃是同樣的意境，到了美國大詩人史蒂文斯（Wallace Stevens, 1879-1955），又有了一大轉折，他有次和朋友到海邊，聽到岸邊一位少女在歌唱。於是他遂對歌聲與海洋的關係一再思索，寫了很長一首詩，最重要的是下面這一段：

她的歌聲使得
天空在聲音消失處也爲之峻急
她將自己的孤獨化爲歌聲
她是此刻這個世界的發明人
而她即在其中歌唱。當她唱出，海洋
不論它曾經如何，已變成了她自己
她歌唱、她創造，而我們
當我們看著她孤獨的海邊漫步
知道世界從不爲她而存在

但只有在她歌唱的時候例外。

史蒂文斯的詩句和華滋華斯、佩索亞，在境界上又有了變化。他由歌聲裡聽到了少女的歌與大海業已合而爲一，等於是他又從另一境界回到「看山又是山，看水又是水」的境界。

人與世界，主客相對。以己觀物，由物觀人，最後達到主客相照，渾然爲一的境界。三個大詩人的彼此呼應，三種境界，予人的啓發眞是興味無窮！

感覺即思考

風不過自言自語，
你如何能夠聽懂？——佩索亞

廿世紀葡萄牙最傑出的詩人，乃是佩索亞。可惜的是，由於葡萄牙到了近代日趨衰落，葡萄牙文學的地位亦一併淹而不彰，佩索亞這個名字除了在澳門尚能被人普遍知道外，其他地區的華人文學界，已相當的陌生。

其實，佩索亞不僅是廿世紀葡萄牙最傑出的詩人，同時也是廿世紀國際頂級詩人之一。他自幼喪父，母親改嫁外交官，因而從小就必須不斷遷居。失怙飄零的身世，使他憂鬱、敏銳，但卻身體孱弱，沒有活到五十歲即憔悴病逝。靈魂的不安穩，使得他的詩作呈現出多變化的風格，有如在激昂的高山和深沉的低谷間起伏。法國結構主義大師雅克布森（Roman Jakobson, 1896-1982）即評價說：「佩索亞應當與廿世紀的大藝術家，如史特拉文斯基、畢卡索、喬艾斯、法國立體派畫家布拉克、俄國未來派詩人克涅布尼可夫、瑞士建築家高爾比耶等相提並論。」

佩索亞的詩風繁複，在表現激昂、沉鬱、耽美、懷疑、悲傷，甚至絕望等方面皆可圈可點。但他最被稱道的，乃是他的筆名傳奇，以及他那種「感覺即思考」的意識模式。而這兩者又有著密切的關係。

首先就筆名而論，佩索亞寫詩，除了有些署本名外，還有許多用筆名，主要的有三個。他在一封信裡，對此做了詳細的說明：他認爲每個人都不可能是統一的，這種人的內在分裂性，使得他將自己化爲多個不同的分身，每個分身都有名字和他虛構出來的身世。每當有了不同的感受，他就用不同的分身來寫作。這種對「自我分裂性」的體悟，使得他的詩風得以深刻且多變化。而也正因此，遂使得他對所謂的「實在」多所懷疑，並將主體的感覺地位提高，而有「感覺即思考」之論。這樣的思維方式，使得他儼然成了後結構與後現代的先驅。這也是他的詩名愈到後來愈顯赫的原因。

例如：他有一首對話詩，當風吹過草地，牧童由風聲裡聽到「對往事的追憶和對未來的憧憬」，而佩索亞則曰：

風不過自言自語

你如何能夠聽懂？
你聽見的是你的譫妄
那譫妄在你的心裡。

——澳門·張維民譯

因此，佩索亞自稱是個「體質型的異端」，他對刻板的意象都表懷疑，而以主觀的感覺是尙，由於他能將這種判斷的相對性拉高的哲學層次，因而他的詩裡遂經常有許多以人觀物，從物觀人，最後達到「我感覺，故我存在」的境地。有詩爲證：

我是一個牧人
思想是我的羊群
羊群是一種種感觸
我用直覺，用手足
視聽神經
和口鼻去放牧，

想一朵花是看見花艷，嗅到花香
見一個果是用舌頭品嚐
當盛夏來臨
我痛苦的忍受酷熱
躺在草地上
閉上灼熱的眼睛
體會躺在現實中的軀體
我認識了眞理，感到了存在的幸福。

——澳門·張維民譯

強悍與美麗

被凌辱的土地

顯露出它被虐的痕跡？——艾莉絲．渥克

廿世紀的文學，能夠留存到未來的人物裡，艾莉絲．渥克（Alice Walker, 1944-）無疑的將是其中之一。她的小說《紫色姐妹花》（The Color Purple），探討種族及性別歧視，女性的身體和意識啓蒙，兼及身分尋根、環境意識，以及帝國主義和宇宙之愛等課題，早已被認爲是新的文學經典。

《紫色姐妹花》這本小說殊堪一讀。當年大導演史蒂芬．史匹柏一看此書，立刻大受感動，力邀琥碧戈珀主演，可算是她從影生涯自認最傑出之作，並相信能替黑人女演員爭得第一座奧斯卡最佳女主角獎。但在保守的影藝圈，她的夢想畢竟未能如願，後來琥碧戈珀遂在多次公開場合，調侃奧斯卡獎的種族歧視。由於《紫色姐妹花》多了這段插曲，遂致聲名更高。

艾莉絲．渥克以《紫色姐妹花》而奠定文學地位，但少有人知道，她其實也是個詩人。她的詩多半都寥寥幾行，類似於日本的和歌。她自己乃是禪偈與和歌的愛好者，曾如此說過：

——「我愉快的發現到這種表現方式，詩人以三、四行的詩句來表現神祕，激發起美感和愉悅，以及刻繪出一個畫面——但不必以任何方式來細心的鋪陳和鑽研。無論花鳥蟲魚，在和歌裡都是一個整體，而沒有變成另外的別的東西。它們被容許去保有它們本身的莊嚴之感，而不會被用來表現人或詩的作品本身。」

艾莉絲．渥克自己學佛，喜歡打坐，情緒騷亂時就喜歡種樹和抱著樹沉思，她的院子及住家附近，到處都是她種的樹。最近我翻看她從一九六五到一九九〇的詩全集，即注意到她的詩和小說，在筆法上極爲酷似，都是簡簡單單的幾筆，即勾畫出一個場景、一個意念，或一種觀察。她的文字簡單而對比強烈，不但小說如此，詩也如此。例如她早年訪東非，對販奴及奴隸制有更深的理解，因而寫下這樣的短詩：

「你是個黑奴嗎？」

「是的。」

「但這是一種食物的
名稱——不是嗎？
白人們習慣於這道食物？」
「嗯……。」
除此外，她還如此寫道：
一些不尋常的事讓我吃驚
一個非洲小女孩
乍見我的白人朋友
立即拔足狂逃
她認爲會被捉去
成爲他晚餐的材料。
她也寫非洲的不幸：
裸露的乳房鬆弛
在太陽下

皮膚龜裂
乳尖則遍布
蒼蠅
她可能是個老婦
甚麼？她才廿歲？

艾莉絲．渥克，早年曾到美國南方的密西西比州從事民權工作，曾飽受威脅傷害；她到過非洲，更眼見了當剝削變成一種價值，則不但族群、男女之間將充滿災難不幸，這種剝削最後還會變成對自然的傷害，最後使人類爲此付出代價。她有詩曰：

大地一片赤色
在這裡——
樹叢低首垂泣
這不正是
被凌辱的土地
顯露出它被虐的痕跡？

艾莉絲．渥克長得很有氣質，她的詩與小說，都強悍、直接，涵蓋了當代一切進步的價值。因此，讓我們來喜歡她的作品。

人類的終極價值

下面這首詩，可能許多人都知道，但能將其出處娓娓道來者，或許就不多了。

最初他們整肅猶太人
我緘默無言——
因爲我不是猶太人。

接著他們整肅共產黨
我也默然不出聲——
因爲我不是共黨分子。

而後他們鎮壓工會人士

我也默不作聲——

因爲我也不是工會分子。

而今他們以我爲目標——

已經沒有一個人留下來

爲我仗義執言。

這首詩出自廿世紀德國最勇敢正直的尼默勒牧師（Martin Niemöller, 1892-1984）之手。當昔年納粹興起，以仇恨來煽起「愛國」情緒，由於它的「政治正確」是如此的巨大，德國幾乎舉國均爲之噤若寒蟬，只有寥寥少數敢公開反對，而尼默勒牧師即是代表。由於他公開反對納粹，一九三八年被捕，直到一九四五年始被勝利的盟軍從集中營裡解救出來。後來他終生爲人類的和平包容而努力，成爲全球精神領袖之一。他的上述名詩，也被不斷轉錄引用，成了一則永恆的叮嚀，只要有人有政黨試圖以仇恨和打擊爲手段，這首名詩所造成的集體記憶和集體良知，就會發生阻擋的作用。這首詩裡所蘊涵的，乃是一種天下一家，每個人對別的每個人都有護衛責任的價值。

因此，在這個世界日益混亂，以仇恨爲名的愛國主義到處氾濫之際，不但全球的民主。自由品質在急速惡化，戰爭的陰影也籠罩著許多地方，重新回頭去讀這首名詩，當格外讓人覺得感慨。以仇恨爲名的愛國主義，乃是一種邪惡的動力。它從小地方出發，而後即會一發難收的持續擴大，對內導致絕對化的專制，對外造成非戰爭即無法解決的緊張對立。

人類的自由、民主、和平等價値雖然美好，但這些價値卻都極爲脆弱。因而開放大師波帕（Karl Popper, 1902-1994）遂說道，只有人們常保警覺之心，才是維繫這些價値的關鍵。尼默勒牧師所提醒我們的，也是同樣的道理。

詩而能夠深刻且格局遠大並非多見，但願我們都能把這首詩記住，並使它成爲一種內化於心的終極價値！

卷三 人不會得不到安慰

讓夜晚到來
讓它來，它來，不要
畏懼。上帝不會丟下我們
不給一點安慰，因此，讓夜到來。

——美國詩人珍・肯揚

看更近一點

我記起了快樂，我記起了悲哀
我再次熱愛並活了起來——菲莉絲．麥考梅

藝術家裡，有一種非專業的「素人」，他們沒有受過正統的技法訓練，而且多半出身於草根階層，因而風格獨具，經常都有很強的民俗民藝色彩。許多人都知道的洪通及李玉哥，就是很有代表性的素人藝術家。

有素人藝術家，當然也就會有素人詩人。這種詩人的詩，肯定不會寫得太多，因此他們並不是未成名前的小詩人。他們之所以是素人詩人，乃在於他們寫作不多，只是偶爾有感爲之，技巧和用字遣辭的考究上也樸拙無華。但因這種詩確實有感而言，因而多半深情動人。素人詩人的作品不會被正統詩人看上眼，但在一些通俗性比較強的詩帙裡倒是常見。最近，我在英國BBC廣播公司一個詩節目的選集裡，就讀到一首極爲動人的素人詩。由素人詩也證明了一點，那就是詩並非詩人的專利，每個人如果有興趣，都可以參與。

這首詩是由一位名叫菲莉絲・麥考梅（Phyllis McCormack, 1895-1973）的老太太所寫，題爲〈看更近一點〉（Look Closer），詩曰：

妳在看甚麼，護士小姐，在看甚麼？
當妳看我時，是否正在想這個彆拗的老太婆，不怎麼聰明
習慣又古怪，老是看著別的地方
吃東西一點一點慢吞吞，總是沒反應
當妳大聲的說：「我希望妳用心一點。」
她卻好像永遠進不了狀況
不是掉了一隻襪，就是丟了一隻鞋
她凡事都被動，隨妳怎麼做都行
幫她洗澡餵食，就這樣打發日子？
我請妳張開眼睛，因爲妳從未看著我
我要告訴妳我到底是誰，當我坐在這

當我隨妳吩咐，當我聽妳的話而進食。

我是個十歲兒童，也有爸爸和媽媽
兄弟和姐妹，他們彼此相愛一家
我是十六歲的女孩，腳上長著翅翼
夢想著眞愛即將到臨
而後成了廿歲的未婚妻，心頭無比歡喜
我記得曾許下的誓言
廿五歲時我有了自己的子女
需要我造一個安全快樂的家
成了卅歲的女人，我的子女更快長大
大家心連心要到永遠
到了四十歲他們即將離去
但我的男人在身邊看著我並未哀傷落淚
五十歲又有了嬰兒在我膝前遊戲

再一次和兒童爲伴，我的摯愛
而黑暗的日子也到臨，丈夫先行
我看著未來，心裡因恐懼而戰慄
我的子女皆忙碌，爲他們自己的子女
我想著過去的歲月及所愛
而今我已是老女人而自然總是殘酷的
讓年老看起來愚蠢即是它的嘲弄
身體衰敗，美麗和活力遠去
像塊陋石而我也曾有一顆熱切的心
但在這老皮囊裡那個年輕的女孩仍在
我磨損的心現在再一次的飽滿起來
我記起了快樂，我記起了悲哀
我再次熱愛並活了起來

我想到以前的歲月，它太短又去得太快
並接受了沒有甚麼能長久的事實
因此，打開妳的眼，護士小姐打開並看
這不是個彆拗的老太婆，看更近一點
看著我。

這首詩，顯然是老人院裡一個老婆婆的心聲。在那裡，她被護士定位成了一個「類」，一種彆拗的老人，於是她遂藉著自述，說明自己不是「類」，而是也曾年輕過的「人」。這首詩以「看更近一點」這個題目開始，以大寫的ME結束。老人不希望被看成是「老人」，希望被看成是個「人」的心聲已是表現無遺。

用「最後」的態度去活！

樹葉和野草的亮光
長得如此翠綠
每個夏天好像最後的夏季

微風吹過，樹葉
在太陽下顫動
每一天是最後的一天

一個紅色的火蜥蜴
如此冰涼，如此

容易的被抓住，恍惚的
移動著牠細細的腿
和長長的尾。我把手鬆開
讓牠離去

每分鐘也是最後的那一分鐘。

這首〈活〉（Living），出自當代美國主要哲理女詩人列佛朵芙（Denise Levertov, 1923-1997）手筆。這首看起來好像很簡單的詩，爲甚麼會被人推崇？它到底是在說甚麼？

喜歡西方詩的人，都必然會記得英國以前的大詩人威廉布萊克（William Blake, 1757-1827）的那個名句：「從一粒砂看世界／在剎那裡抓住永恆」。而這首〈活〉所說的，差不多是同樣的意境。它提示人們一種生活的態度！我們活著，也必須很用心的去活著，要把每一分、每一個瞬間，或者每一天，都看成是最後的時刻那樣的去活著。只有如此，我們始有可能眞正的抓住生活的意義。列佛朵芙所說的「活」，可能會讓人活得很累，但如果對生命不是這麼嚴肅，人活著，和蟲豸又有甚麼不同呢？

近代的人，對生命的態度已愈來愈草率。人們雖然活著，但卻得過且過的多，嚴肅以對的少。這首詩所揭櫫的則是另一種態度，她所說的不是那種「我倆沒有明天」的虛無放縱，而是「剎那即永恆」的莊重。我們要以此刻即是最後，否則再多的時間也只不過是打混的嚴肅態度去生活。當有了這種態度，意義才會產生。

讓列佛朵芙的這首詩，對此刻的我們也應當格外的具有意義。我們社會的價值日益錯亂，人們雖然活著，但許多人其實都只不過是在浪費著生命，因此，對生命嚴肅一點的要求，對我們社會應當不算過分！

人不會得不到安慰

讓黃昏的亮光
照過穀倉的裂縫
從悲嘆得到激勵，在太陽漸沉之際

讓蟋蟀開始磨擦低鳴
當女人拿起編織的針
以及她的線團。讓夜晚降臨

讓露水沾溼鋤頭它被棄置
在長長的草堆裡，讓星星露臉

而月亮則揭開銀色的角弦

讓野狐回到沙地裡的巢穴
讓風止息，讓庫房裡
漸漸黑下來，讓夜晚降臨

對溝槽裡的瓶罐，對戽斗
在麥堆裡，對肺中的空氣
讓夜晚到來

讓它來，它來，不要
畏懼。上帝不會丟下我們
不給一點慰安，因此，讓夜到來。

上面這首詩，表面平淡，但卻被高度評價，而這一切要由作者珍・肯揚（Jean Kenyon, 1947-1995）說起。她雖然只活了四十八歲，但已被認為將會是廿世紀美國重要的女詩人之一而留名下來。

珍・肯揚夫婦皆爲詩人，都得癌症，因而心靈的絕望沮喪遂一直是她作品的主軸。但她並未被沮喪擊敗，反而是能夠從身邊瑣事裡發掘正面的訊息，做爲絕境般生命的動力。在憂鬱、挫折、沮喪愈來愈增的這個時代，她的作品已成了一條心靈通路。

在這首乍看不怎麼起眼，而且其精妙之處也無法翻譯出來的詩裡，它用很低很低的調子講黃昏時的心情，整首詩的節奏，即所謂的「韻步」（Meter）非常均勻整齊，這點是無法翻譯的。但儘管如此，由這首詩的意境，以及用「讓」（Let）表達的祈使句句型不斷重複，再加上它所顯露出來均勻穩定，卻立刻使人感受到一種「晚禱」的氣氛，尤其末尾那句「上帝不會丟下我們／不給一點慰安」，更把這種「晚禱」氣氛勾勒出來。對那些由於夜晚到來而焦慮憂鬱的人，讀到這首詩，反覆朗誦幾次，整個心都會因此而變得靜下來。傑出的詩人都很重視詩的音樂性，這首〈讓夜降臨〉，即是翹楚之作。如果讀這首詩之後，能夠再聽一點西方聖樂裡的晚禱曲，當會有更深的體會。

憂鬱乃是當代人的集體徵候，每逢季節轉換，尤其是入秋進冬，或到黃昏，就會出現沒來由的沮喪。在這個漸漸入秋之際，如果覺得焦慮不安，不妨把這首詩多讀幾次。

不想結束的人生

的確，對我們活著的世界
一切都將化爲陣風而消逝——蒙塔萊

近年來，全球詩壇最大的爭論之一，乃是義大利諾貝爾詩人蒙塔萊（Eugenio Montale, 1896-1981）的神祕遺作《身後日記》（Diurio Postumc）。

蒙塔萊乃是廿世紀義大利最傑出的詩人，被稱爲「隱逸派」的掌門人。他出生於熱那亞，學的是會計和音樂，但自廿九歲出版第一本詩集後，終生即努力於詩的志業。由於戰前即反對法西斯，對政治的厭惡，對世界的犬儒和懷疑，使得他的作品有很強的形而上風格。他對人類的現實以及存在情境的不確定感，造就出他稀有的詩風，並因而得到一九七五年諾貝爾文學獎，他是廿世紀全球眞正的頂級詩人之一。

蒙塔萊逝於一九八一年，享年八十五歲。但有關他的事情，在過去廿年裡卻始終未曾停止，例如他翻譯過許多外國詩和外國文章，也寫過許多探討外國文化藝術事務的專文，但後來發現有些是出自他女友以及他聘用的一位美國詩人之手，他把別人的文章修改後，卻用自己的名字發表。諸如此類的話題，對他的聲名的確有傷。

除了此類八卦外，鬧得更大的，乃是他的《身後日記》的眞假以及他的著作之遺產權紛爭。

蒙塔萊在一九六八年，已高齡七十二時，邂逅了一個來自米蘭世家的女詩人兼藝術家希瑪（Annalisa Cima, 1941-）這時她還不到卅歲，蒙塔萊的餘生大半都在她的陪伴下度過。希瑪後來把兩人的交往情誼寫過專書，也和別人合編過蒙塔萊的詩選集。但這些還不重要，眞正重要的是在兩人交往的十餘年裡，他寫過許多詩給她，相約他死後始可發表。這些詩在他死後第五年，陸續被希瑪刊登在她自己所辦的基金會會刊上。

後來她又出過私房書。到了一九九六年終於以《身後日記》之名正式上市發行。該書出版後，立即引發眞僞問題之爭，希瑪爲此還特地將蒙塔萊的原稿公開展覽。她後來甚至還公開了一份蒙塔萊的遺囑，他把自己著作的權益都給了她。這份遺囑又引來蒙塔萊姪女，現任熱那亞大學歷史教授比安卡（Bianca Montale）的抗議和爭訟。蒙塔萊雖然已死了廿年，但在這廿年裡，他可眞是一點都不寂寞。

這本《身後日記》計八十四首詩，毫無疑問的是出自蒙塔萊的親筆。蒙塔萊寫這種死後才肯發表的詩，目的何在？是要藉此來抵抗自己的可能被遺忘？或者只是要替自己的晚年留下另外的見證？這些已成了圍繞著蒙塔萊的最大神祕與公案。但毫無疑問的是，在這八十四首詩裡，對人的必死性以及對詩的未來充滿焦慮，乃是不斷出現的主題之一。在此可以其中的這首爲證：

距今不久的某一天
我們將會看到行星相互撞擊
而彷彿釘滿鑽石的天空
將會變得像一個個彈坑般的結束。
然後我們將可收集到烈焰的花朵
以及灼熱的星辰。
看啊，這記號，大火
聳立天空，木星
粉碎在獵户座，而何處是人們

在可怕的喧囂裡終結的處所？
的確，對我們活著的世界
一切都將化爲陣風而消逝
或許只有一聲叫喊會被留下
是那不想結束的大地。

蒙塔萊的這首詩，空曠但又悲觀，充分顯示出他對人生、對世界的焦慮，可以視爲代表作之一。

苦澀的名聲

從水窪的池底，
被安排好的星辰支配著整整一生——普拉絲

讀詩的人，許多可能都記得台灣詩人洛夫的這個句子：

而我確是那株被鋸斷的苦梨
在年輪上，你仍可聽清楚風聲、蟬聲

這是很好的「年輪意象」，於是，就讓人想到美國天才早逝女詩人普拉絲（Sylvia Plath, 1932-1963）寫到年輪的那首名詩〈詩言〉（Words）。

普拉絲乃是近代美國知名度最高的女詩人。她自幼聰慧，後入名校史密斯學院就讀，立志要以文學爲事業，因心理壓力過大，曾崩潰入院。後來復學並畢業後，留學劍橋，邂逅了後來成爲英國桂冠詩人的休斯（Ted Hughes, 1930-1998），兩人相戀並結婚。但他們的婚姻顯然相當失敗，男的另有外遇，兩人仳離，她獨自帶著一子一女落魄倫敦，遂告自殺。她死後名聲日顯，美國人普遍認爲是休斯逼死了這個美國的才女，而她的詩和生命遭遇，則使她儼然成了女性主義的代表兼烈士，因而她不但著名於文學界，在通俗大眾裡也同樣享有知名度；而她和休斯之間的愛恨情仇，則成了一個總是會被反覆炒作的話題。在女性詩學裡，她已不只是詩人，更成了傳奇的悲傷英雄。

普拉絲的詩裡，有很強的女性意識。在她自殺之前，她寫了多首重要的作品，〈詩言〉即是其中之一。詩曰：

斧鉞
在揮向年輪之後
而回聲！
回聲揚起
從中心恍若馬群狂奔而出。

樹汁
噴湧如淚，如同

水流奮勇著
要再造自己的鏡子
在岩石之上

而殘株則成爲
一副白色的髑髏
被野草的青綠吞噬。

多年後我
曾邂逅它於道路上
詩言已涸並如無主野馬
那恆在的蹄形斧鉞傷痕
當
從水窪的池底，被安排好的星辰

支配著整整一生。

這首詩寫得非常非常之好。她把自己比喻為從被砍年輪裡奔出的生命回聲與馬群，也自喻為從斧痕裡奔瀉而出的樹汁，這些樹汁要替自己造出一面生命的鏡子；但如同樹遭揮砍後，殘株枯若髑髏，被周遭的野草呑噬；她的生命之鏡所照出的也是一切都確定，彷彿不變恆星那樣的軌道，並成了她無法自由的一生，而她想以寫詩為志業的初衷，也因而乾涸絕望，像無主野馬般的無所歸依，只有殘株上那恆在的刀斧印痕兀自長存。為她立傳的安妮·史蒂芬森（Anne Stevenson）在《苦澀的名聲：普拉絲的一生》裡遂指出，這首詩乃是她對生命志向完全絕望的表露。

普拉絲的這首詩，年輪、樹汁、有如髑髏的殘株、斧鉞留下的馬蹄形傷痕、野馬、一汪小小的水窪，這些意象參差對比，非常統一而深沉。在這首詩裡，我們看到了一個生命破碎女詩人憔悴的面孔。

性，肉體痛苦的慰藉

他們在自己的快樂裡顯示威力

他們的希望即是沒有希望——派索里尼

喜歡近代前衛異端電影的一定知道義大利詩人導演派索里尼（Pier Paolo Pasolini, 1922-1975）。他延續法國象徵詩人波特萊爾、魏爾侖、韓波等的足跡走來，將性與暴力等更加的美學化，對人性的黑暗有更多掘發，因而成了巨匠級的人物。同性戀的他，後來被一個他鍾愛的男妓刺死，可以說具體而微的注解了他的一生。

派索里尼的詩與電影相同，都墮落、狂暴、悽烈、耽溺，有如在地獄邊緣逡巡，因而長期以來都極受爭議，但就抓準了現代人的性與暴力這一點而論，他確實罕有其匹。由最近破案的兩名少年意圖強暴女老師而殺人致死案，就讓人想到派索里尼的這首〈性，肉體痛苦的慰藉〉。它將性與暴力的邏輯說得非常清楚，讓人爲之悚懼：

性，肉體痛苦的慰藉

娼妓是女王，她的寶座乃廢墟
統領著這片下流濫污的田野
她的權杖是個紅色名牌小皮包
她在晚間嚎叫
骯髒而猙獰一如古代的母親
她保衛自己的所有和人生
而老鴇們則圍繞身邊
傲慢及鞭打
臉上帶著東南部城市和斯拉夫樣的鬍子
他們是首領，君王
在黑暗中做著這幾百里拉的交易
無言的眨著眼睛，交換著行話密語
這被棄的世界，也一切無言

對那些將自己拋棄的人們
一個個掠奪者無言的肉體。

而就在這些塵世的垃圾裡
一個新的世界卻已誕生
新的律法也出現
在這裡所謂的榮譽即是無榮譽
猙獰的高貴及暴力
在成群的小屋裡
在這一大片地方
人們以為它是城市的終點
而事實上卻是開端，敵視的
一再重複的開端，千萬次
以橋和迷宮

地基和開挖
在高樓大廈之後
掩蓋了整個地平線
而對所謂的愛
這些可憎的人覺得像是堂堂男子
重建起對生命的信心
並以鄙視所有不同人生者爲目的
人子們在此展開探險
在這畏懼他們以及他們的性的世上
他們的憐憫是不憐憫
他們在自己的快樂裡顯示威力
他們的希望即是沒有希望。

派索里尼在這首詩裡，寫的是一個城市裡的下流邊緣社會，在這裡性與暴力共生，沒有榮譽，沒有憐憫，當然也沒有希望。它是對城市的詛咒，也誘引著城市下墜。

由派索里尼的這首詩來看，那兩個犯案時不過十五歲和十一歲的小孩，他們不正是這樣的族類嗎？他們看A片而亢奮，而意圖強暴，他們是「性，肉體痛苦的慰藉」下的人，他們後來都習慣於嫖妓，都有暴力傾向，派索里尼的詩裡最後那一段，就是替他們這種人及他們的邊緣社會所做的證言。

自己是美的，也是醜的

平靜而冷冷的河流臉孔
向我索求一個親吻。——藍斯頓・休斯

最近，美國郵政局發行了藍斯頓・休斯（Langston Hughes, 1902-1967）的紀念郵票。對美國詩壇，甚至全球黑人詩壇，都可算是頭等大事。爲此，美國還爲他辦了一場國際研討會。

在美國文學史上，藍斯頓・休斯乃是宗師級的大人物。他是黑人歷史裡第一個專職作家，是黑人文學及文化復興的先驅。他不但是爵士時代以詩入樂的前輩，今天的文化研究者，甚至認爲饒舌歌及嘻哈文化也都與他有關。他出生於密蘇里州的喬卜林市，成長於堪薩斯州勞倫斯市，這些地方都以他爲榮。密蘇里大學早已出版他長達十七冊的全集，而勞倫斯市則有他的紀念銅像，以他命名的小學，和爲他而設的研究教授。當地的電話簿也以他爲封面，上寫：「這裡是藍斯頓的家鄉。」

藍斯頓·休斯是黑人文學的先驅兼旗手。他曾進入哥倫比亞大學，因不滿學院束縛而輟學跑船，而後跳船到歐洲及非洲流浪，回到美國後開始寫作，一九二六年發表具有宣言意義的文章〈黑人藝術家和種族主義高山〉：「我們年輕的黑人藝術創作者，今後將無所畏懼，也不羞愧的表現黑皮膚自我。白人如果喜歡，我們當然高興，他們不喜歡，我們也無所謂。因爲，我們知道自己是美的，也是醜的。」他的呼聲代表了黑人文化自覺的開始。

藍斯頓·休斯一生多變，除了黑人文化自覺外，也曾經是激烈的革命派與民權運動支持者。但儘管如此，他最後終究都能返回中道。他的詩風相當口語化而富旋律。例如，他的〈世上的房子〉曰：

我找尋一間房子
在這世上
希望白人陰影
不會落到這個地方

但沒有這樣的房子
黝黑膚色的弟兄們
終究沒有
沒有這種地方。

藍斯頓．休斯的長詩無法在此譯介，但他的短詩，有的如偈語，像〈自殺短札〉只有三行：

平靜
而冷冷的河流臉孔
向我索求一個親吻。

而〈逝去的愛〉雖只有六行，但卻極富哲理：

因爲你是我的一首歌
我不應唱你唱得不捨
因爲你是我的祈禱書

我不能念著你隨地隨處。

因爲你是我的薔薇
當夏日已去你不能繼續留住不歸。

而每個人都値得再三咀嚼的，可能是這首短詩〈塔〉：

死亡是座塔
讓給靈魂攀登
若只靠沉思冥想找回答
則要達目標將永遠不能。

追尋完美的家族之路

而今嚴冬的折磨
降臨我身，而紐約
則尖錐般鑽透著我的神經
當我走過
那些破碎的街道。

已經四十五歲
接著呢？接著呢？
在每個街角
我都遇到我的父親

和我同樣年齡，但仍活在世間。

父親，原諒我
我的傷害
如同我原諒
那些我——
曾傷害的人。

你從未攀登過
錫安山，卻留下
那恐龍
在地上的死亡腳印
讓我必須追尋。

這首〈時屆中年〉，出自美國「波士頓詩派」祭酒羅威爾（Robert Lowell, 1917-1977）

的詩集《寫給北方聯軍死難者》（For the Union Dead），此詩極具深意。

羅威爾乃是廿世紀美國頂級詩人之一。他家世顯赫，差不多的美國人都知道所謂的「羅威爾家族」。這個家族在一六三九年就已到了波士頓，不但是建市功臣之一，也是該市工商業、教育、法律、文化等方面的領袖，南北戰爭期間，這個家族還出過多位著名的北軍將領。這個家族的名字和美國歷史密不可分。

羅威爾小時不甚了了，高中時其他成績不佳，但詩才已露。後來進了哈佛，也不好好用功，卻和一個大他五歲的女子談戀愛以及讀詩，一九三六年耶誕節家庭相聚，他和父母爲此而起爭執，甚至把父親打翻在地。家裡特地找了心理醫師來診斷，看他是否精神有問題。而貞感謝那位他母親的心理醫師穆爾（Merrill Moore），他本身也是個詩人，對這個也愛詩的叛逆少年相當諒解。他不認爲羅威爾發瘋，但建議他父母，讓他遠離家庭，去和外面的文字世界接觸，於是，他翌年遂到俄亥俄州的肯揚學院就讀，從而改變了一生。但因曾和父母爭執，並將父親打翻在地，這種親子關係的破碎，最後始終未曾恢復。

也只有知道這樣的背景後，來讀此詩，遂格外能體會到他心裡的苦痛。當他到了中年，對人間事有了更多體會，逐漸知道自己所受的傷害，其實自己也有責任，需要彼此的原諒。由於有這樣的念頭，他走在街上，遂感覺到滿街都是父親的身影。這就是親子關係，沒有攀登錫安山那麼完美，而追尋完美的家族之路就這樣一代代的必須走下去。

羅威爾寫親子關係的破碎，平淡中有沉痛。而親子關係的受傷，也是多數人皆難免的情況。也正因此，這首詩其實也頗值得所有爲人父母及爲人子者，一起來閱讀及深思。

一串啜泣

我們澀乾的聲音，當
我們一起喃喃耳語——艾略特

前幾天，在外國報紙上看到一篇分析全球經濟惡化的專論，有個絕好的標題：「不是砰然爆開，而是一串啜泣」（Not with a Bang but a whimper），不禁爲之莞爾。因爲，這個標題乃是挪用自大詩人艾略特（T. S. Eliot, 1888-1965）作品〈空洞人〉裡的詩句：

這就是世界毀滅的方式
這就是世界毀滅的方式
這就是世界毀滅的方式
不是砰然爆開，而是一串啜泣。

當今全球經濟持續惡化，彷彿漩渦一樣的往下沉落。它不像自由落體般的立即觸底，倒更像是長長的滑梯，讓人不知了期。而就在這樣的過程中，失業者一波波的增加，除了極少例外，全球莫不如此。用「不是砰然爆開，而是一串啜泣」來形容這樣的局面，報紙的編輯誠可謂巧思獨具。而能想到這個詩句當標題，他的現代文學素養也必然不低。

艾略特乃是廿世紀的英美文壇巨擘。他聲名顯赫，縱使沒有讀過他的任何作品，人們多少也都聽過他的名字。他的名作《荒原》已不僅僅是廿世紀的人類共同經典，甚至更成了注解文明軌跡與心靈狀態的永恆意象。能夠創造出永恆意象的作家與詩人，縱使在全人類的文學史上也沒有幾個。

艾略特的作品，由於主要的長詩名氣太盛，遂使得雖然稍短，但也長至九十九行的這首〈空洞人〉變得略受忽視。其實，他的主要作品都是在談世界的荒頹與心靈的涸竭，因而「空洞人」的名號可以用在許多作品上，他寫〈空洞人〉，乃是要更具體的展示人心空洞化之後的集體命運。

所謂的「空洞人」，該詩第一段即開宗明義的指出：

我們是空洞人
我們是飼料人

靠在一堆
腦袋塞滿了稻草，啊！
我們澀乾的聲音，當
我們一起喃喃耳語
它默然而無意義
如同乾草堆裡的風
或鼠腳走過碎玻璃
在我們枯廢的地窖裡。

艾略特的〈空洞人〉，整首詩都是在說人心的荒漠、涸竭、破碎與失落。他一向善於用對比的方法來凸顯問題，這首詩裡也呈現無遺。而比較少受人注意的，乃是他也善於寫童詩，這首詩的最後詩段，其實是以兒童遊戲歌的方式而寫的，節奏簡單，用字險峻而重複，就像是兒童們在那裡爲「空洞人」的終極命運，跳著死亡之舞。當人類心靈荒漠，世界連華麗的毀滅都不可能，而只會在一串啜泣中結束。艾略特這個好句子，豈止可當做預言或寓言，不也可以用來述說許多其他的意象嗎！

從金錢魔法下變回人

如果金錢突然暴斃，
世界將如何？——史賓塞

金錢曾經讓人親切，像市政廳或天空
或東邊及西邊的河，你在它的左右
愛與死會讓人驚嚇
但金錢所到之處，人們總是相互扶持。

但金錢變了。它精神奕奕的抖動
帶著酩酊蹣跚的步伐在鎮上四處敲打
的確惹人注意
群眾們則爲它所用的紙鈔互毆致死

鎮上也變了，它那些卑瑣貪利的情人
得意如患了水腫，而善意消失
自在的市集天
人們說，買方和賣方都成了敵人。

而窮人們則快變成禽獸，人們報警
富人儼然成了外圍社群，人們亢奮
甚至安靜的人都長出壞心眼
非常怪異的被扭曲，像走光的相片

聽著金錢在街尾發出酒醉的咆哮
人們在床上哭泣，「我們會變成甚麼樣？」
「啊，想著就一身寒意。」

如果金錢突然暴斃，世界將如何？

難道是一個倒栽把頭摔裂？
如果狂舞突然結束，如果他們擱下
離去的巴士，如果樹木停止後退
如果你們夢想成眞而它死去，將如何？

我們是否還能彼此相識，圍著它的屍體
當我們在鎮上搜刮捲逃我們是否知道
——這應是地方衛生官的事
金錢趴倒的身體，死，發臭並孤單？
是否某甲會小心的收起眼中的狡猾？
是否某乙會丟掉聲音裡的無情？
是否我們會變回人，像女妖賽西的豬？

或死亡？或在世界迸裂時仍在街上狂舞？

這首〈金錢的特性〉，出自前代「英國的地中海詩人」史賓塞（Bernard Spencer, 1909-1963）。在這個金錢已愈來愈扭曲人性和制度的此刻，重新閱讀此詩，當格外使人有感。他的這首詩被列爲廿世紀經典作品之一，即在於它將金錢的腐蝕性做了凌厲的剖析。當金錢萬能，人們就會變成無所不爲的禽獸。最近這段期間，美國政商勾結，政府對上市公司的監督日益泄沓，大公司僞造會計和盈餘報表之事層出不窮，不但美國股市信心崩潰，連帶的也造成全球經濟不穩，甚至連台灣也被波及。爲了金錢而無所不爲到此程度，殆爲有史以來所僅見。荷馬史詩《奧德賽》裡有個女妖賽西（Circe），她把人變成了豬。金錢對人性的扭曲，和賽西相仿。而人有沒有可能從豬變回來？

史賓塞在廿世紀詩人裡以主智著稱。他父親是高等法官，曾派駐印度，因而他誕生於印度的馬德拉斯省，後來返英畢業於牛津，大半生都在政府的贊助下，在地中海兩岸各國間遊歷寫詩，曾到過希臘、埃及、義大利、西班牙、土耳其、奧地利等國，這因而造就了他詩風的開闊。在這首詩裡，他以人們在金錢的誘惑下狂舞爲核心，字字珠璣，實在值得再三反芻。

對恨的無奈！

我閱讀報導並因而想到了恨
以及所謂觀念，尤其是大觀念
它們愈來愈像是替恨找藉口。
一旦恨讓你得到解放
當你需要時就會向它靠近
而過了一會兒，若你握有刀
或槍，以及身邊有許多群眾
儘管沒有必要，你還是會摧毀村莊
因爲你能，你可隨意而做。
於是，每個早晨，更多苦難的報導

太可怕了，我們說道，使人驚嚇
但我們所聽的聲音卻多麼短暫
而顯得空洞。這令人心驚
每想到這裡，何處是我年輕時的
理想？而今
它安在？在我們四周
那些我們試著要避免的戰爭更加緊急
像我一樣的少年受到影響，他們去聽
亨德利克及「門樂團」的演唱
而後走進蠻荒並死亡。
我不因拒絕作戰而覺得有錯
當然也不因此而更好過。
我知道縱使我深知世事
以至於不會那麼徹底學會恨

但它仍把我捲入，徹底
並完全的。或許
這就是所謂的文明
知道得多因而不會去感受
只以一種方式。但誰沒有想過
去做某種不可原諒的事？
這些大多數的我們未參與的事
究竟證明了甚麼？
我們看著報紙，我們閱讀文件
有時候，眞爲此寒慄不已。

這首〈大觀念〉，出自當代美國主要詩人之一的雷布近著《可能的世界》。它要指出的，乃是當今世上，有人極力在以各種觀念包裝著恨，儘管眞正去參與者並不那麼多，但它卻會造成一種席捲之勢，讓每個人都完全而徹底陷入其中。

因此，「恨」是有用的。它是一種裹脅式的權力。生性愛好和平，反對戰爭的雷布，以它的洞寫，而寫出芸芸大眾對恨的無力感，不能說不是卓具遠見。他的見解，也同樣值得我們參考。而由這首詩，我得到的啓發是：正因恨是一種具有裹脅性，因而當它出現，人們就必須加以阻擋。在恨的國度裡，人們應有一種更積極的道德認知，那就是：不抵擋恨的散布，就是共犯！

挖個莫名其妙的墳墓

在下一次戰爭之後，……天空
痛苦的吐氣帶著被污染的雨
這是結束，它終結我們的身體
躺下繞了世界一圈還不止

而從他們鋼筋水泥的套房之下
政客們假惺惺的露臉出來
俯視那躺著的
百萬成行的屍骸

赫魯艾森豪、法朗哥戴高樂
主祭並挖掘墳墓
毛蔣、麥克艾德諾
則搬著葬禮的人造花

當他們行禮如儀每個人希望
這雨少像一點淚，少點熱，少點密
他們喃喃抱怨，聰明程度如瞎眼白魚
只有偶爾才覺得噁心

而我則在透明棺木裡冷然裂齒而笑
當他們蹣跚走進雨中
我如是說道：「繼續走，繼續走
你們這些雜種，下到地獄去。」

這首詩出自當代英國詩人米契爾（Adrian Mitchell, 1932-），詩題很怪，是〈幫我訂一口透明棺木並挖個莫名其妙的墳墓〉。它主要是在講核子戰爭，但廣義的則是在譴責好戰的政客，他們以人命為芻狗，因而他遂假設自己是個核戰受害者，而對冷戰核子對峙的那些重要的政客們加以抨擊。被他點到名的有蘇聯總書記赫魯雪夫、美國艾森豪總統、西班牙獨裁者法朗哥、戴高樂、毛、蔣、英國首相麥克米倫、西德總理艾德諾等。這首詩是冷戰時代的名詩。

而今冷戰早已結束，但世界更和平了嗎？答案顯然是否定的。由美國的加速擴軍，中東衝突更甚，南亞的印巴有核戰之虞，以及東南亞正出現新的軍備競賽，台海兩岸也同樣加速軍事擴張，我們已可看到所謂的「後冷戰和平紅利」其實是和眾生無緣，新的全球軍備競爭正在如火如荼的展開中。在這樣的時刻，或許更需要重讀這首〈幫我訂一口透明棺木並挖個莫名其妙的墳墓〉了！

沉思死亡

死亡的重錘幾乎敲響那小小的電鈴
隨時會呼喚你，從你的手中降臨——比利．柯林斯

美國的新桂冠詩人已產生，由著名詩人，紐約州立大學李曼學院的英語教授比利．柯林斯（Billy Collins, 1941-）出任，十月就職。

比利．柯林斯的名字，台灣並不熟悉，但在美國，他卻有「人氣詩人」之稱。他的詩風多元，有些幽默諧謔，有的抒情婉約，另外有些卻又非常的有沉思的特性。由於他的作品比較接近口語，因而群眾基礎極大。他有許多詩甚至被編進了教科書。他開始寫詩極晚，出過五本詩集，都在一九八八年之後，算得上是大器晚成。最近，他首度出版詩選集，我拜讀之後，深有所感，願將其中比較有沉思意義的兩首，介紹給朋友，其一是〈死亡〉，另一首是〈上了一課〉。

〈死亡〉這首詩如下：

昔日它的消息依靠走路傳遞
繫著圍裙的妻子揮手向著夫君
當他消失在長長的巷弄，拖曳著
恍若巨石般的這種口信
或者就是某人快馬飛奔
或孩童疾疾走告，或老者蹣跚小跑
一個女孩會掀起半邊窗簾驚異的想
這個時候那些人爲何匆忙
而送信人下馬，繫好韁繩
正待敲門，亦覺得門環冰冷如夜

而今我們已有電話
可以隨時聽聞想著的聲音
死亡的重錘幾乎敲響那小小的電鈴

隨時會呼喚你，從你的手中降臨。

這首詩，說的是生命的脆弱。現在這個時代，天災人禍頻仍，生命的不確定性也告大增。死亡則成了人們日常生活裡的陰影。就以眼前之事爲例，有多少人的家人朋友在紐約上班，但一場災難，當他們的電話鈴聲響了，拿起聽筒，得到的卻可能是某某人喪命的口信，它給人的感覺，彷彿死亡是從自己持電話聽筒的手中落下一樣。這首詩在平淡中表達出了生命的脆弱性，怎不使人驚懼不已。

而〈上了一課〉這首詩則日：

清晨發現「歷史」
正在沙發上沉沉的猶然酣睡
我從衣架子拿起他的外套
將它的重量披上我的肩膀
它可以保護我抵受這晨寒
走到村中去買鮮奶和報紙

我料想他不至於介意
尤其是昨晚與他長長對話之後

出乎意料的是他的暴怒
當我返回全身覆滿冰屑
他仔細翻驗外套的每個大口袋
要確定沒有任何大戰役或英女王
曾出過意外和掉在深雪的野地中。

這首詩有點幽默嘲諷，但也深意自現。「歷史」是個包袱，它經常束縛著人們，在「不能使歷史蒙羞」的壓力下，畏懼新的探索。柯林斯生動的描述了「歷史」讓人膽怯的這一面，實具巧思。

人類自己的詛咒

戰神的狂暴永不止息，它起初渺小無比其後一點點滋養，
它就長得高大驚異——荷馬史詩

「九一一」劫機攻擊事件之後，一場戰爭已如箭在弦，小者將是一個國家生靈塗炭，大者可能引爆區域戰爭，或基督教與伊斯蘭教間的世紀大戰。這也印證了自古以來，「當我血流成河，你就必須血流成海」冤冤相報的道理。

戰爭是人類對自己的詛咒，而和平則是杳不可及的夢想。如果我們檢證人性發展的歷史，或許即會發現，千百年以來，人類的戰爭行爲其實並沒有任何改變。尤其是當我們撫讀最早的戰爭史詩《伊利亞特》（The Iliad），當更能體會到，在戰爭問題上，實可謂古今如一。

荷馬史詩《伊利亞特》說的是最早的特洛埃大戰。整部史詩將戰爭的邏輯做了淋漓盡致的鋪陳。戰爭因是非難論的尊嚴受傷而引起，而後一發不可收拾，漸漸的變爲純粹的爲

戰爭而戰爭，雙方都靠著戰爭上的死亡而將戰爭維繫。戰爭初起時，只是手段，但到了後來，它已變爲目的，非到趕盡殺絕，不會終止。它在〈第四書〉部分，這樣描寫戰爭的恐怖：

戰神的狂暴永不止息，它起初渺小無比
其後一點點滋養，它就長得高大驚異
腳在地上走動，額頭則與天齊
這雖是祂之所爲，實則爲兩造深喜
祂向兩軍悄然接近，所經處將粗暴惹起
戰場上兩邊的仇敵都使祂的狂怒滿意
他們往矛槍射程接近，而後矛與盾對立
矛與盾互射相擋，力回應著力
接著劍與劍的目標靠近，用槍互刺
狂囂混亂湧起
祂的狂暴到達頂點，征服者的趾高氣揚

混合著被征服者的哀泣
大地奔流著鮮血
如同山頂豪雨傾瀉
它淹沒了道路，聚於河床
注滿了山間谷地
它如山間河流匯合
遠處被驚嚇的牧羊人
猶可聽到那殺戮吶喊的回音
他們的爭戰增強，混戰之聲盈耳
敗逃與喧囂交混，讓人恐惶無比。

《伊利亞特》是令人嘆爲觀止的戰爭史詩。當年的荷馬像說書人一樣到處吟唱，爲了招徠觀眾，他特別善於加油添醋的渲染。他除了渲染戰爭的可怕外，更對殺戮做了讓人難以卒讀的限制級描述，因而被認爲是「殺戮的美學化」之始，他對特洛埃的陷落所做的描述堪爲代表，亦當爲尚存人道之心者參考：

血戰達到白熱化他驍勇難當
統率希臘大軍，用腳征服著腳
馬則屠殺著馬，唯插翅始能飛逃
戰場最狂烈的地方氣氛昂揚
馬蹄踐踏出的塵霧如雲掠過耳邊
大地聲若霹靂恐怖如大神降臨
君王下令快快追趕
驍勇身先士卒，殺戮持續
如同在暴風雨的日子裡
濃密森林狼吞虎嚥的烈火
席捲顫抖的樹木
並把燒焦的樹根甩向天空
而就在那時，阿卡梅農的兒子們
在他們的劍下，特洛埃人的斷腳飛起

馬匹拖著無人的戰車
追逐著那隆隆的車輪
有些資淺的指揮者則奔往田野
以逃避追逐的獵殺
特洛埃重重的陷落，對食屍的兀鷹
其甜蜜勝過母兀鷹的引誘。

不再畏懼

長期以來，我已不再畏懼死亡，
因爲沒有甚麼——布萊希特

我一向不喜歡政治詩，歌功頌德的政治詩固然噁心，疾言厲色的諷刺批判也經常讓人難以忍受。但有個例外，他就是布萊希特（Bertolt Brecht, 1898-1956）。

布萊希特是德國人，廿世紀最偉人的世界詩人、戲劇家和人道主義者。他對近代戲劇有著許多重要的原創貢獻，因而學戲劇表演和劇場理論的，都對他耳熟能詳，但也因此卻反而使他的詩名受到損傷。他的詩皆強悍而正氣，洋溢著人道的智慧和光輝。他曾流亡美國，但因他將批判也帶了進來，使得戰後麥卡錫白色恐怖時期，他也受到調查，因而一怒之下，離美赴歐。他那種一以貫之的人道批判精神，在廿世紀並不多見。他曾有稱讚聖者的詩句，這個詩句也不妨看成是他的自我期許：

此去珍重當你離開塵世

你不僅自己良善也留下
一個善良的世界

布萊希特的政治詩，所以異於一般政治詩者，乃在於他的一切批評都以普世的人道關懷爲其核心，因而正氣磅礴，並能洞燭各種問題的本源。例如他在〈瓦塞拉謠歌〉裡即有這樣的句子，而這樣的句子搬到台灣，不也同樣的有效？

對世界的大人物們
我們以英雄歌謠頌唱
他們興起如燦爛明星
也如星星般沉落
這使人安慰，我們樂於知道
只是——對必須支持他們的我輩
事實卻總是永遠這樣
興起和沉落——但付出代價的是誰？

因此，布萊希特遂蔑視政治人物，並稱之爲土狼（Hyenas）——牠是一種特別貪婪的動物，經常食屍維生。在「土狼」的譬喻裡，他們的勝利，即是國家與人民的失敗。而布萊希特想做的，就是述說這種道理：

說給那些費勁拉著馬車的人聽
他們很快就會死亡；
也說給那些將會活下來的人聽
他們是車裡高高在上的乘客。

布萊希特當年對德日軍國主義的興起，很早就已有所察覺，他由日本繪畫裡凸出筋脈肌肉，就已知道：

在那賁張的血脈裡
奔流著邪惡的意念

而對德國，他則說道：

我將在生命的黃金時代死去
無愛，無思念
戰爭機器不知疲倦的驅動者

甚麼也沒學到，除了到最後
甚麼也沒有，唯知殺戮。

布萊希特在納粹時期，由於走避得早，因而得以身免劫難，但許多他的朋友卻死亡，這使得他終生痛苦難安，有句曰：

我自然知道，純屬機運
我得以殘存至今，但昨夜夢見
已死的朋友説道：「唯最強者始能生存。」
我因而更加痛恨自己。

布萊希特爲人道奮鬥了一輩子，他到了生命最後有這樣的詩句：

長期以來，我已
不再畏懼死亡，因爲沒有甚麼
會再失去，儘管我自己
行將消逝，而今

我將愉悅以向
身後緊隨的生命黑鳥。

神聖的地方

友人到德國，去了威瑪的「歌德故居暨歌德國家博物館」，並在館內購買了大本的《歌德詩選》相贈。在摩挲瀏覽詩集時，也兼體會這位「心靈夥伴」的濃情厚意，不僅快慰，尤其溫馨。

在重讀歌德時，又再看了他於一八一五年所寫的名詩〈二裂葉銀杏〉。這首詩的意境和聯想，似乎很可用到今天的台灣，爰將它譯之如下：

這樹來自東方，
被栽於我的園裡；
它的葉子有著奧義隱藏，
讓專注知識的我覺得神奇。
它是一，這活著的生命

但卻自爲的在內部分離？
或是兩個實體但相互承認，
俾讓世界把它們看成是個整體？

而今我已恰當地得到啓示
從這耐人深思的問題；
在我的詩中你們難道感覺不出，
我既是二，同時又是一？

「銀杏」（Gingo Biloba），在這個學名裡，後面那個拉丁字指的就是葉片二裂，看起來像是二葉，卻實質上仍是一葉。歌德藉著這首詩，把藝術一而二，二而一的變常之道，非常妥適的表露了出來。

但我在讀這首詩時，卻自然而然的想到了當今正鬧得人心惶惶，讓每個人都覺得無比沉重的兩岸問題。歌德以前非常欣賞中國人的智慧，認爲中國人懂得變常之道，善於折衷、妥協、忍讓。他對東方智慧的推崇有很多證據，這首詩也堪稱代表。而到了今天，台海兩岸，是否能像歌德詩裡所說的一樣，也能夠在「既是二，又是一」裡找到解決問題的答案呢？這首詩裡的中段那四行，奧義絕倫，我怕自己沒有翻好，特將原詩的德文，以及英譯附之如下，藉供大家參酌共賞。

德文原詩句為：

Ist es ein lobendig Wesen
Das sich in sich selbst getrennt?
Sind es zwei die sich enlesen
Daß man sie als eines kennt?

而英譯則為：

Is it One, this thing alive
By and in itself divided.
Or two beings who connive
That as One the world shall see them?

由歌德的這首詩，我又想到美國頂級短篇小說家雷蒙．卡佛（Raymond Carver, 1938-

1988），他除了是全美最佳短篇小說家之一外，也寫得一手好詩，在他的《詩全集》裡有一首〈在那河流加入別的河流處〉。在那首有點長的詩裡，他特別對溪匯河，河匯海，終成壯闊的道理表示讚嘆，他並且把每一個河流交匯之處都認為是個「神聖的地方」。不久前當我讀到那首詩時，感覺和讀〈二裂葉銀杏〉一樣。兩岸交會是否也能達到這樣的境界呢？

不管好名壞名

我造了個紀念碑比銅像更耐久
它高過金字塔的皇帝宮殿
我將不會徹底死亡，我的一部分
將比死亡更長久，我將一直成長
在死後的被讚揚裡常新。

這個詩句出自西元前一世紀時的羅馬詩人賀拉斯（Horace，西元前65-西元前8），所有逐名之徒，大概都會把這幾行詩視爲人生的最高目標。

自古以來，爭名逐利，並讓名利永久，即是絕大多數人的至高夢想。

然而，古代無論東方的立德、立功、立言，或西方的追求成功，至少都還有一個核心元素，那就是一切的「名」，都必須以自我負責和自我努力爲中心，內在的自覺爲本，外在的名聲爲副。因而早年的文豪喬叟（Geoffrey Chaucer, 1340-1400）遂曰：

對我這已足夠，縱使當我死去
並沒有人還記得我的名字
我非常清楚知道自己
無論我受多少苦，無論我怎麼想
我都將自我珍重
無疑問的，我的絕大部分人生
包括我知道自己的藝術在內。

可是，這種情況到了近代業已丕變。在這個大眾媒體發達，一切來得急但也去得快；虛和實、善與惡皆混淆的時代，「名」的定義也告改變，「做秀」和「表演」已取代了一切，而「不管好名壞名，只要有名就好」的價值則成了主流。

於是，我們遂進入了一個新的歷史階段，那就是名流的八卦化的新階段。人們不再以做了八卦事而覺得羞恥，反而沾沾自喜的以能成爲八卦焦點而更加去沽名釣譽。尤其是影藝事業發達，更強化了這種趨勢，美國影藝圈，以前至少還有克林伊斯威特、勞勃瑞福等智者，他們知道在影藝圈裡暴得大名，容易讓人墮落，因而格外潔身自愛，甚至拒絕住在好萊塢，以免被帶壞。但這種潔身自愛，對自己的名非常顧惜的人，現在卻愈來愈少了，當美國已如此，一切學美國的台灣，當然更等而下之。

於是，我們遂天天看到暴得大名的影歌星鬧八卦而自得，而這種八卦也擴及政治名人以及其他種種名人身上。不管好名壞名，有名就好的價值已席捲了一切。「有名就好」是群眾時代的特色。

這時候，就讓人想到狄瑾蓀（Emily Dickinson, 1830-1886）了，她討厭俗世聲名，認為終極的聲名只存在於和上帝的相會中，而俗世聲名則不過是常常在變的事物。她寫了詩都大半拒絕出版，怕被群眾褻瀆。她有詩句：

雖然沒有人在我們身傍

但這已足夠——好過一堆群眾。

我們當然不必像她那麼嚴格的潔癖，但是否也該多少有點潔身自愛的習慣呢？

卷四 優雅的樂趣

所有的記憶亦將繼續
它們將成為我們的衣袍
使我們穿著的不僅是它的榮光。

——美國詩人愛倫坡

陌生人

我心深處湧起一陣風它寒慄肅殺
由此向遙遠的鄉間吹拂
而今何在那藍色記憶中的丘陵山家
可無恙那些尖塔與田園故土？

這是已失去意義的大地
我看著它依然閃爍而心已冷
那些快樂道路我曾走過在往昔
而如此的感受已無法重臨。

這首傷感的詩，出自詩人豪士曼（A. E. Housman, 1859-1936）。在廿世紀英美詩壇，他是個極大的異數。理論家和批評家對他始終不太理會，但這卻沒有阻礙了讀者對他的喜愛。縱使到了今日，他的詩集都仍在長銷書之列。當代詩論家許密特（Michael Schmidt）就指出，豪士曼的詩作不多，主題多半以傷逝爲主，這使得他無法成爲「主要詩人」，但他的詩風典雅憂鬱，感情卻很現代，因而仍無人能夠否定他「傑出詩人」的地位。他那種茫無所歸的酸楚之感，很能打動現代人的心靈。廿世紀的詩作裡，適合譜成歌的已極稀少，但重要作曲家如威廉斯（Ralph Vaughan Williams）、布特華斯（George Butterworth）都承認，豪士曼的詩具有高度的音樂質感，非常適合音樂家來發揮。

豪士曼是個異數，也是廿世紀知識界的傳奇人物。他早年就讀牛津大學，專攻古典研究，才華橫溢，獲得最高榮譽，但因太執著於古典研究，他的畢業考卻有哲學和歷史兩科不及格，於是他遂輟學，到專利局當公務員，但在工作之暇，他仍繼續古典研究，並在專業學報上不斷發表論文。於是，十年之後，他遂以傑出成就，獲聘到倫敦的大學院校執教，一九一一年劍橋大學又聘他爲拉丁研究教授。大學輟學生，最後成爲名校教授，縱使全世界亦不多見，其功力之深，已可概見。

豪士曼才華洋溢，但卻自幼感情創傷，又是在那個時代不能明言，必須僞裝的同性戀，因而他的感情世界遂只得在詩裡表現。他一生只出了兩本詩集，風格古典但感性卻現代，有很濃厚的悲觀色彩。理論家之所以對他不重視，主因或許即在於他的詩觀與近代的主智主義不合。他認爲詩的重要，乃在於旋律和感性，而不是在於尋找意義。但儘管這樣說，他的詩在表達傷逝、疏離、孤寂等現代人的感情及失去意義上，仍留下許多千古名句。最著名，而且常被討論及借用的，乃是晚期作品的這四句：

我將如何面對這些紛擾
它來自上帝及人間的苦惱？
我，一個陌生人非常恐慌
在這個從來即不是我所造成的世界上。

豪士曼這四句詩行，被許多人認爲是他的感情總結。他自幼感情創傷，加以同性戀，使他對這個世界充滿了懷疑，他懷疑上帝的律法，也懷疑人間的規矩，他懊惱自己不能造一個自己能夠安心的世界。他對這個不是自己造成的世界充滿恐懼驚惶，原因即在於：人的無處可逃！而這種陌生人的感覺，不也是當代人經常都會浮現出來的慨歎嗎？

世間之美

聽到的旋律固極美矣，
而那聽不到的將更勝之——濟慈

大詩人濟慈（John Keats, 1795-1821）只活了廿五足歲就死了，但雖然生命匆匆，他留下的詩與信札，卻足以映照千古。

濟慈的研究者與愛好者都認爲，他的作品裡，以「頌」或「詠」（ode）這種詩體，以及信札最爲傑出。「頌」或「詠」，相當接近於我們的「賦」，它針對特定的人事物賦詩以記，除了描述與聯想外，更重要的乃是藉此表達自己的心懷。他的〈夜鶯頌〉、〈希臘古甕詠〉、〈憂愁詠〉……等都爲愛詩者所熟悉。至於他的信札，則不只是傳記材料而已，其中對美學與人生有許多非常經典性的洞識。

每個偉大的詩人，都一定有傳世的名句。而在古今詩人的名句裡，我始終認爲濟慈在〈希臘古甕詠〉裡的這兩句最具有美學的永恆價值。其一是該詩前半段的句子：

聽到的旋律固極美矣，
而那聽不到的將更勝之。

其二則是該詩的結尾句：

美是眞，眞即美——它是全部的道理
你從世間得知，亦爲你應知的所有。

〈希臘古甕詠〉全長五十行，簡要的說，乃是濟慈藉著描述古甕上刻繪的愛情、美，以及歡樂的田園景象，體會到人間愛情與歡樂的短暫，而藝術則永恆的道理。整首詩可以說都是在替「美是眞，眞即美」做注解。

濟慈的這首詩寫得深邃雋雅，由於它涉及美學問題，長期以來都頗受討論。例如，爲甚麼古甕上所繪的風笛手，會帶給人無聲勝有聲的感覺？古甕上所繪的田園景象爲甚麼會讓詩人得到「美是眞，眞即美」的結論？將這些問題延伸，一幅畫或刻繪，或一座塑像，它究竟眞在何處，美在何處？

這些都是詩之外的問題，在詩的名句裡沒有答案，答案在濟慈的信札中。濟慈的研究者們早已認爲他的信札重要性不低於他的詩，他詩裡所丟出的問題，答案要到信札裡找。

其實，從很早開始，濟慈即對自己的文學才華便有了自覺與自信，並在給朋友的信裡表示將以「萬事萬物裡美的原則」為追求的目標，他對同代浪漫主義詩人華滋華斯和雪萊等以「自然」為美的觀念不能接受，認為偉大的藝術必然是既美又眞，美的源頭是想像與感情，而眞則在於它能和理性交融。他在一八一七年十一月的一封信裡即說道：

——「別的我不敢說，但我深信心靈的神聖感情以及想像的眞。想像所掌握住的美，亦必為眞。」「啊，生命在於想像的感性，而非思想。」

而到了一八一八年五月，他在另一信中則說道，想像必須以知識和思想來支持，否則，「我們即會持續的掉到萬噚以下的水底，或被吹起亂竄，而無翼可飛。」到了一八一九年四月，他則在信中說道：世界乃是一種所在，「它必須以心（理性）與靈（感性）的彼此互動，俾達到形成靈魂之目的，而它乃是人們得以合一的聰明才智。」

根據濟慈信札裡的這些片段，再回頭去看開始時的那兩段名句，其道理或許就更容易明白了——偉大的藝術能夠給人無限的想像空間，而它的表現則是一種觀念與秩序的顯露，因而它同時也是理性的。偉大的藝術作品當然像古甕一樣都是物體，但它的美與眞卻超越了出來而兀自存在。濟慈的「無聲勝有聲」以及「美是眞．眞即美」，這兩個句子裡，所濃縮的，其實也就是古典美學的精髓！

優雅的樂趣

這些深深的迷惑了我，比起來
那些每個部分都古板的藝術算甚麼。——赫立克

敢於作怪就是美，這幾乎已成了當代服飾的最高眞理，稍早前在《紐約時報》的服裝副刊上，即看到了一篇有關服裝作怪的報導。

而論服裝作怪，最早予以肯定的，或許即是赫立克（Robert Herrick, 1591-1674），他是名句「要在妳還可以摘取薔薇花苞」的作者。赫立克乃是英國大詩人及劇作家班強生（Ben Jonson, 1572-1637）的首席弟子。此外，據傳他也是檸檬汁的發明人。他出身牧師，做到副教長，但卻有極濃厚的世俗化精神。因此寫了〈作怪之樂〉這樣的詩：

服飾妝扮裡美妙的作怪
使得人們的衣裝繁麗華茂
肩上披條上等亞麻布

成了優雅的樂趣
隨意縫上的蕾絲花邊處處皆是
魅惑了鮮紅色的三角胸衣
不經意的袖口以及傍邊
緞帶雜亂的飄動
誘人的波紋褶邊(實在值得注意)
在隨風狂舞的裙子上
草率的鞋帶,在它的繫處
我看到了狂野的雅致
這些深深的迷惑了我,比起來
那些每個部分都古板的藝術算甚麼。

一個牧師在三百多年前,就能寫出這樣的詩,實在讓人嘆爲觀止。在這首詩裡,他肯定了服裝上的「作怪」(Disorder),並賦予它美感上的價值,而與此同時,則是他也肯定了新的儀態及其道德地位,這個牧師詩人的開放程度,縱使到了今天,大概也沒有幾個人能比。這首詩的傑出在於它的顛覆性，它將人們通常都負面看待的字，如「不經意」(Carefulless)、「迷惑」(Bewitch)……等都轉成了正面。

而赫立克的這首詩，除了本身的顛覆性有永恆價值外，它也具有時代意義，在十六和十七世紀，隨著文藝復興的展開和城鎮的擴大，人們的「自我」開始有更多的察覺與肯定，加以經濟改變，穿著也在默默中有了新的氣息。中古時期，人們都像教士一樣穿黑色罩袍，而今則逐漸改穿各色長袍，甚至緞袍長裙，並講究的以花爲飾。比赫立克略早一點的蒙田，即表示過服裝是「自我」的一部分，應當有更大的自由度。儘管蒙田自己由於隱居讀書著述，並沒有在服裝革命上身體力行，但他主張適度的服裝自由化卻屬事實。

因此，由赫立克的這首詩，人們眞正讀出的，乃是那個時代服裝革命的實相。人們在服裝上已不守章法，喜歡穿蓬鬆有褶的大裙子，喜歡鑲蕾絲邊，披漂亮的肩飾和綁各種緞帶；也有些人甚至在綁鞋帶這種小地方也喜歡耍帥耍酷。而他則是對這樣的變化投了贊成票。

魔性式的華麗

所有的記憶亦將繼續
它們將成爲我們的衣袍——愛倫坡

歷史上的大人物，他們生前見仁見智的爭論，都不會隨著長眠而過去。這種爭論會延續到墓園，崇拜者去獻花，反對及痛恨者卻會去噴漆或撒尿。因此我們遂說大人物永不死亡，也永難安寧。

大人物的身後事裡，或許以愛倫坡（Edgar Allan Poe, 1809-1849）最爲傳奇詭艷，從一九四九年他逝世百年起，每年一月十九日他誕辰這一天，都會有個黑衣黑帽的陌生客到他位於美國巴爾的摩市的墓園，獻上三朵紅薔薇和半瓶干邑白蘭地。三朵紅薔薇代表的是愛倫坡、他的姨媽柯琳姆，以及表妹維琴妮亞——維琴妮亞後來成了他的妻子，半瓶白蘭地則是獻給嗜酒愛倫坡的禮物。黑衣人加上紅薔薇，以及冷颼颼的寒冬墓園，實在詭異奇幻，充分反映出愛倫坡那種魔性式的華麗。

因此，每年「一一九」對巴爾的摩市，遂成了特別的節日。一小群「坡迷」會在墓園等著陌生客的來臨和獻祭。這已成了該市的傳統，半個多世紀，一直每年一度例行演出。但再怎麼平順的傳統，也有出狀況的時候。二〇〇一年大家等到的陌生客，他在獻祭完畢要離去時，丟下一張字條，上面寫著「紐約的巨人們，幽黯、凋萎和深藍覆蓋了世界」這樣的字句。這張字條在那時幾乎引發一場禍事。

因爲，這個句子出自愛倫坡的〈紅色死亡面具〉，但到了現在，它卻陰錯陽差的和橄欖球「超級盃」搭上了線，紐約的球隊取名「巨人隊」，它的隊徽顏色是紅與藍，因而已被稱「深藍」。至於巴爾的摩市的代表隊則以愛倫坡的詩〈烏鴉〉爲名，因而那個句子簡直就等於是「巨人隊」的支持者在向「烏鴉隊」挑戰，怎麼可能不引發憤怒！所幸當月的第卅五屆「超級盃」大賽，「烏鴉隊」輕取「巨人隊」，憤怒化爲喜悅，否則誰知還會出甚麼狀況！愛倫坡死後一百多年，仍會惹出這種事情，冥冥世界，眞難預測。

由於二〇〇一年「一一九」出過狀況，二〇〇二年的這一天，大家遂格外敏感。這天大家仍舊等待陌生客，來的黑衣黑帽人面覆白紗，獻祭後即離去，沒出新狀況，一切如常，人們終於放下心頭大石。當時在現場的人說，今年這個陌生客和二〇〇一年那個看起來並非同一人。

愛倫坡乃是文學史上的異數。他一生頹靡，不得意多過得意，但他才華橫溢，不但開創出文學上的象徵主義，並創造了奇幻文學、科幻文學等新的文學類型。由於走在時代前面，過去的評論對他都十分刻薄惡毒，如：

「我認爲愛倫坡和珍奧斯丁都讓人難以卒讀，但兩人還是不同，付錢給我，我還會去讀愛倫坡，但珍奧斯丁，付錢也不。」（馬克吐溫）

「初中時，我開始學著愛倫坡的方式寫故事，我的名字是 Edgar，與愛倫坡相同，我以爲父母替我取這樣的名字，一定是以他爲榜樣。多年後我問媽媽，爲甚麼替我取那個戀屍、吸毒、自虐虐他，又是隱性同性戀傢伙的名字，她答說：『閉嘴，別傻了！』」（當代作家杜克多羅（E. L. Doctorow））

「愛倫坡的才華不容否認，但我認爲他的智力只停留在前青春期。他一生的好奇都是青年期之前的心態，如對自然、機械和超自然的驚嘆，喜歡密碼和謎語、玩迷宮、機械式的玩棋，以及胡思亂想。」（大詩人艾略特）

愛倫坡的地位歷久彌高。他有一首〈競技場〉尾句也可以用來說他自己：

我們的力量並未消失，聲名也不
我們深爲人知的魅力亦然
圍繞我們的奇觀亦不消失
我們生存的奧祕仍將長存
所有的記憶亦將繼續
它們將成爲我們的衣袍
使我們穿著的不僅是它的榮光。

貓狗之詩

一九九〇年代歐洲族群問題嚴重，惡質政客及讀書人藉機煽風點火，剎那間頗有燎原之勢。而有識者則極力捍衛基本的政治價值與水準，有個詩人彼得．波特寫了一首詩。

讀當代英語詩人彼得，波特（Peter Potter, 1929-）的作品，經常會讓人發出會心的微笑。

波特衹能稱「英語詩人」，而無法冠以國名，乃是因爲他出身於澳洲，後來才遷至英國，並陸續在英格蘭、蘇格蘭及澳洲等地工作。他漂浮流離，每到一個地方都以外來者的眼光看事情，揭露出它盲點下的荒誕離譜——任何社會都會有一些由於社會及文化條件的原因而形成的怪異現象，本地人業已見怪不怪，衹有敏銳的外地人始能察覺。波特這種觀察力與詩風，英國遂稱他爲「流離詩人」。但他的這種特性，反而使他更有普遍的理性，算得上是個「世界公民」。

在這裡，且引這首對世人極具啓發性的詩如下。這首詩題爲〈貓咪去死〉（Mort aux Chats），影射的是族群問題：

不應該再有貓咪。
貓會散布傳染病，
也污染空氣
牠每個禮拜消耗掉
體重七倍的糧食；
牠過去被頹廢的社會崇拜
如埃及和古羅馬即是
但希臘卻是牠無用之地。
貓蹲坐尿尿（這點我們的科學家業已證明），
而牠的交配
則很悽厲。牠們要命的
喜歡月亮。這在牠們自己國家

一切沒問題，但牠們的傳統
對我們則太怪異。
貓有臭味，天生如此
而你發現牠竟然跑上樓去。
貓看太多電視
甚至在颱大風時也一睡整日
牠戳我們的背
就在最近。貓也從未
出過任何偉大藝術家
牠的稱呼根本不值得用大寫的C
除了是句子的第一個字。
我的頭痛和盆栽枯死
都歸罪於牠。
我們這個區有太多貓咪

房價也因牠們跌到谷底。
當我做夢見到上帝，同時
也看到貓被屠殺殆盡。
爲何牠們要堅持
自己的語言和宗教
豈有必要嗚嗚的發出意見之聲？
去死吧所有貓咪
狗族的規矩必須維持千年到底！

波特以貓狗爲喻，諷刺歐洲那些動輒以族群問題作文章的右翼和極右翼，滑稽裡有著極尖銳的譏諷。

西方人喜歡養寵物，英國人貓狗同棲尤爲普遍，因此他在詩裡所寫的似是而非的排貓理由，就變成了格外有力的證明——證明排貓其實祇不過是沒話找話講的語言遊戲。排貓的口水，其實也就是族群問題裡經常可見的口水。而這些口水，它的目的即是最後那一句：「狗族的規矩必須維持千年到底。」當讀到這裡，人們終於發出了會心的笑聲。

布穀鳥之詩

但你帶給我的則是無比的想像
在這樣的時刻思索你故事的傳奇——華滋華斯

春天是布穀鳥的季節，因而英國古詩人史賓塞（Edmund Spenser, 1552-1599）遂有詩句曰：

噢，快樂的布穀鳥，春天的使者。

同樣的，法國詩人龍沙（Pierre Ronsard, 1542-1585）在〈春又來〉一詩裡，也這樣說到布穀鳥：

上蒼庇護你們，春天的使者
忠實的春燕，飛翅成行
布穀、夜鶯
還有斑鳩，和每一種野鳥

千百種啁啾鳴聲
來自青綠樹叢以及谿谷。

布穀鳥即杜鵑，在西方，自希臘時代即以其鳴聲爲牠命名，因而至今仍稱 Cuckoo，這種字又稱「狀聲字」。不幸的是，十六世紀的英國，認爲布穀鳥並不從一而終，因而由這個字又衍生出「戴綠帽者」或「龜公」（Cuckold）這個新字，這是布穀鳥的被「污名化」，因而有一、兩百年之久，詩人在描繪春天景象時，都憚於用布穀鳥這個意象。例如，莎士比亞在《愛的徒勞》（Love's Labour's Lost）這齣戲的末尾，就以非常打油詩化的方式說布穀鳥：

當雛菊紛然爭艷而紫羅蘭色澤綻放
貴婦則換上銀白色罩衫
布穀的幼鳥毛色嬌黃
替這原野染上一片欣歡
這時布穀鳥在每棵樹上鳴叫
把已婚男子譏嘲

「布穀」、「布穀」、「布穀」，這可怕的字音

讓已婚者的耳朵非常不高興！

由莎士比亞這個詩段，可以印證在他那個時代，「布穀」已成了一種具有雙關性的諧音，藉此而隱射「龜公」。然而，這種「污名化」的禁忌，到了後來逐漸淡化，春天的詩裡，布穀鳥的意象又開始增多。十八世紀詩人格雷的長詩〈春〉裡，如此讚揚布穀鳥：

看啊，在這玫瑰盛開的時刻

司美女神維納斯的列車到臨；

綻放了期待已久的花朵

喚醒，紫色的華麗時分。

優雅的鳴禽盡情放開歌喉

回應著布穀鳥定調的啁啾；

春天的和諧不需教育

牠們飛翔時喃喃唱出滿腔歡愉；

和風吹過清朗的藍天

而芬芳則四處擴散。

而詠唱布穀鳥，最好的可能仍推大詩人華滋華斯，他有一首〈致布穀鳥〉，很準確的掌握到了容易聽見牠的鳴聲，但很難看到牠的鳥影之特性：

啊，歡悅的新來客，我曾聽聞分曉
聽聞你的鳴音，並爲之無比愉快
啊，布穀鳥，我應稱你爲鳥
或只不過是流漾的聲籟？

當我躺臥青草地
聽見那高低兩重的鳴囀
它在山坡間穿梭遊移
覺得很近但又很遠。

雖然你只鳴唱

在陽光和群花的谷地
但你帶給我的則是無比的想像
在這樣的時刻思索你故事的傳奇。

再一次，歡迎你，春天的情人
縱或在我心目中你
並非鳥，而是看不見的精靈
一種天籟，一種神祕。

馬之詩

我們的生命因而改變
牠們的來到，是我們的開始。——密爾

十二生肖裡有馬。馬的意象在東西方不相同，這是個十分有趣的課題。

在中國文化裡，馬是神駿的象徵，當馬大到八尺，即會蛻變爲龍。根據《拾遺記》，周穆王時即有「八駿」，名爲絕地、翻羽、奔宵、超影、踰輝、超光、騰霧、挂翼。而《古今注》則說秦始皇有名馬七，分別是追風、白兔、躡景、追電、飛翮、銅爵、晨鳧。以馬的神駿、速度、英偉等爲中心，在我們的文化裡，遂有了「馬到成功」、「春風得意馬蹄急」、「日行千里」、「馬首是瞻」、「躍馬中原」等與功名富貴相連的意象，我們也都認爲馬年是吉祥的年份。

但在西方，馬的意象則顯然並非如此。馬與狗被視爲人類最眞摯的朋友。因而馬的擬人化遂成了最核心的意象，許多童謠都強調人與馬的友情，兒童也都把馬視爲玩伴。這種人與馬的感情，詩人霍梅士（W. F. Holmes）所寫的〈褐色老駒〉可爲代表。這首詩寫一匹半盲褐色老馬，孤獨的在柵欄裡，無人理會。詩人遂在詩的末尾如此寫道：

若有時你經過田園
請暫且駐足說上幾句話：
對這匹褐色老馬，牠也曾年輕
和你一樣生命飽滿如畫。
牠喜歡你年輕柔軟手掌的觸摸
我知道牠的心裡會如此述說心情：
「啊，謝謝你，朋友。你如此仁慈
對一匹老駒，牠曾活過燦爛的一生。」

由於人把馬視爲最好的同伴，廿世紀許多首重要的反核詩裡，馬都是重要的核心意象，當代美國主要詩人之一的列文（Philip Levine, 1928-）有一首詩寫廣島原爆。當時有一匹馬被核風暴摧殘得皮毛盡失，耳聾目盲，在有如廢墟般的磚礫鋼筋間哀嘶，而馬僮則如涸魚般，張著嘴無聲哭泣。事隔多年後，列文如此寫道：

山花
又從紅磚牆縫裡冒出
他們說新生命已在這開始。
而雜草則在卵石間重新長出
如同聾耳裡長出的毛髮
但馬，馬卻再也回不來了。

這裡不再有馬。
從牠們曾走過的路
我體會到某種寒慄
在一次瘋狂的舞踴後
牠們的肌骨已失去了生存的渴望。

而非常獨特的，乃是當代英國詩人密爾（Edwin Muir, 1887-1959）也寫過一首長詩，談的乃是世界末日之後的馬。這首詩有很強的寓言性。經過一次導致世界末日的戰爭，整個世界都被毀滅，只留下永恆的沉寂。過了一年後，突然有一群馬出現，牠們謙卑的態度，重新勾起了殘存人們對古老自然世界以及人馬爲伴歲月的記憶。詩裡有這麼好的一段：

我們不敢靠近，而牠們等待著
頑強而羞澀，彷彿牠們的來到
是個古老的命令要找到我們的棲地
這種早已遺忘了的夥伴關係
最先根本未曾湧上我們的心頭
不知道牠們可以被擁有和被用
馬群裡有若干小雄駒
替這被摧毀的世界添加了生機
牠們彷彿從牠們的伊甸園重新來到
此後替我們挽犁和替我們負重
牠們免費的勞役打動了我們

我們的生命因而改變
牠們的來到，是我們的開始。

兩位傑出的詩人，在談到人類命運時，都以人和馬的夥伴關係爲切入點，這種寫法，中國詩人絕不可能。由此也反證了東西方有關馬的意象，乃是完全不同的兩個範疇。電影《水世界》裡，最後也用馬群的出現來隱喻人類的新生，道理相同。在馬年的此刻，這種差異所顯示的意義，我們倒不妨好好的思考一下。

饑餓之詩

他和大悲慘接了枝
希望盡皆腐朽如髓骨——悉尼

胡適曾經這樣評張愛玲所寫的小說《秧歌》：「此書從頭到尾，寫的是『饑餓』，書名大可以題作《餓》字。寫得眞細緻、忠厚，可以說是寫到了『平淡而近自然』的境界。」《秧歌》寫的是一九五〇年代大陸搞「三反」運動時的農村。由於糧食不足，饑荒普遍，許多地方甚至出現搶糧暴動。在張愛玲筆下，饑餓的感覺和它所造成的對人性之破壞，被很細膩的表現了出來，中國自古以來，由於天災人禍，饑荒頻仍，史書裡有很多「民大饑，人相食，白骨蔽野」之類的記載，但値得玩味的，乃是儘管饑荒與饑餓曾是經驗裡如此緊密的一部分，但在我們的古典文字裡，除了少數概括式的描述外，幾乎皆毫無著墨。向張愛玲那樣寫饑餓，已可算是開天闢地以來的第一次。

而描述饑荒與饑餓，縱使在西方亦不多見，直到近代才出現於愛爾蘭——一八四五至四七年間，當時還是英國殖民地的愛爾蘭，由於馬鈴薯罹染眞菌病害，連續兩年沒有收成，而英國亦袖手不顧，於是大饑荒出現，大約一百萬至一百五十萬人餓死，另外一百萬人則投奔怒海，多數人喪生波濤，只有少數僥倖者到了美國和澳洲，這乃是美澳的愛爾蘭裔皆強烈反英，支持北愛爾蘭共和軍反英恐怖活動的原因。

但也非常奇怪，雖然當時的饑荒如此嚴重，全國人口少了四分之一到三分之一，但以前所有的文學家都從無一字談論此事，葉慈沒有，喬艾斯也沒有，一直到一九四二年大詩人卡瓦那（Patrick Kavanagh, 1905-1967），始出版詩集《大饑荒》做爲追憶。這本史詩式的詩集，堆疊著饑餓、死亡、埋葬和絕望的恐怖，是近代愛爾蘭的經典之作。詩中有這麼慘厲的描寫：

他在家屋門口鵠立
有如風中襤褸的破雕像
十月讓朽爛的床褥吱嘎作響
床柱頹圮。沒有希望，不再渴求
饑餓的邪神

尖叫著泥土塊的末世啓示錄
在這片大地的每個角落。

繼卡瓦那之後，身受他啓發的諾貝爾詩人悉尼也接續於後，寫了一首長達一四〇行的〈一次挖掘馬鈴薯有感〉，他對當時的悽慘有這樣的描寫：

活頭殼，死滅的盲眼
搭配著荒瘠支離的骨架
翻掘過這片土地，在一八四五
狼吞虎嚥枯萎的根株而死亡。

嘴繃緊，眼難閉
面孔沮喪如拔除毛羽的鳥
百萬戶柳枝茅舍
饑饉的尖喙裂食著胃臟
人們饑餓從出生開始

挖鑽，如植物，在這無情的大地
他和大悲慘接了枝
希望盡皆腐朽如髓骨。

悉尼寫饑餓，同時也在控訴天地之不仁。饑餓使得人們千秋累世的匍匐於田野挖掘，而大地則成了生命的祭壇。我最喜歡這幾句了，它可以說是「饑餓文學」的名句：

一如秋天的盲目循環，多少世紀
對饑神的恐懼和卑膝
堅硬了他們微賤膝骨後的肌筋
有了這片土地周而復始的祭壇。

狡猾者之詩

嗨，看啊！
狡徒眞是太棒啦。
他們總是衣衫光鮮
由他們身邊美女成群即可知一斑。
此外，狡徒也確是了不起
他們總是可以搞到現金成批。
如果你對他們不是很了解
那麼讓我說個分明，今日一切多變
只有狡徒能亦步亦趨趕上潮流
人們一下歌頌玉米，明天又讚揚南瓜

沒有誰能掌握住行情
除非你恰好當權得意。
而的確　不管是否讀書識字
只有狡徒最快樂無匹，
你說他們偽造貨幣？這並不怎麼可笑
他們如此無知，只是善於搞錢
比起那些偽造我們的高尚理想的人
仍然瞠目難及。那些人假裝愛國人道
代表了眞理、民主、詩、歷史。
使得麵包和愛都變得沒有意義。
啊，狡徒是逍遙自在之輩
他們有些更完全的混世純熟
就像蒲公英善於看風向
隨風而擺，因而永不犯錯

縱使風立刻一八〇度轉彎
他們也第一個改變方向，如斯響應。
縱使他們盛裝打扮
也照樣裝腔作勢
因爲他們從不高估任何事情
他們總會成功快活
眞的，不管在何處
他們都被娼妓和狡徒所羨慕。

這首〈狡徒〉出自當代俄國詩人米海諾夫（Artyemy Mikhailov）之手。把狡猾者偃然媚俗、趨炎附勢、善於看風向換旗子、懂得混世混名圖利者的嘴臉，恰到好處的予以揭露。他寫的雖然是俄國，但讓人感覺到，這首詩用來說台灣好像也完全吻合。許多人最近爲了當官而洋相出盡，這首詩好像就是在寫這種人。

因此，讀這首詩，在它諧謔的外形下，也讓人油然而生悲哀之心。由狡猾貪名貪利者的不絕如縷，這也顯示出儘管我們要求人們能夠誠實正直，但如此低限的目標，在這個混沌濁世，卻彷彿已成了高標，這不正顯示出，就人的品質而論，現在不正處於退化階段嗎？

麻雀之詩

激勵著所有我們熱愛的街道
爲想像的春天而興奮——里奧納．柯亨

二〇〇一年底，最重要的藝文新聞之一，乃是里奧納．柯亨（Leonard Cohen, 1934-）的復出。據我所知，台灣中年一輩的產官學界和藝文人士裡，有很多都是他的聽眾和讀者。

里奧納．柯亨乃是廿世紀加拿大最著名，而且也是最傳奇性的詩人。尤其重要的，乃是他的知名度不僅限於加拿大，在歐美也長久不衰。此外，他也曾有過「最性感男子」、「加拿大最佳穿著」等封號，一九九一年他獲「加拿大國家勳章」，這乃是他畢生最大榮譽。

柯亨今年已六十七歲了。他是詩人、小說家、歌手，某種現代意義裡的隱士和禪宗的修行者。如果要替他做出總結性的歸類，他可以說是「新時代」（New Age）或雅痞階級裡的波希米亞人。他的這種特性，使得他成了一種具有象徵性的代表人物。而他和其他同輩文化人的最大不同，乃是他找到了最好的呈現方式，將他的詩與歌混合到了一起。在當代全世界的詩人裡，沒有任何人能夠像他這樣長久的人氣不衰。就以這次復出為例，他一九九三年巡迴歐美演出後，業已年近六十，而他的禪宗導師則八十五歲，由於老師來日無多，他遂半隱居的到了洛杉磯近郊的巴底山（Mount Baldy），他的住家和老師禪院相距不遠。他每天早起為老師準備飲食，而後打坐參禪，再回到住所寫詩譜曲，而今他的半隱居即滿六年，新的詩歌專輯遂告推出。在歐美藝文界，這當然是大事一樁。

稍早前，多曼（L.S.Dorman）及羅林斯（C.L.Rawlins）曾著作了一本卷帙極大，厚約四百頁的《柯亨傳：心靈的先知》。這似乎是第一本正式的柯亨傳記。根據該書，我們可以知道他的父母皆是來自歐洲的猶太移民，而後遷至加拿大的法語區蒙特婁。他自幼喪父，這種「失去」的經驗對他一生有很大的影響，甚至可能還造就出他的戀母傾向。他後來進了加拿大的麥基大學，在這裡他受到兩個文學教授極大的啟發，使他走向詩人的道路。他的兩位老師都對戰後「主智」的詩人如：艾略特、龐德、奧登等不以為然，認為詩應再度的返回感性。這種「返回感性」的價值，後來即成了柯亨的詩風。他早年受西班牙浪漫詩人洛爾卡啓發，而後他又和美國一九六〇年代崛起的新文化掛勾，但柯亨並無太多反叛性，而是像波希米亞人似的漂浮與探索，這使得他的詩與歌恆常在「愛—慾」、「信—不信」、「變—常」等兩端間擺盪的原因。心靈的飄泊和追尋，「凡—聖」間的起落浮沉，也使得他會像個半隱士的在猶太神祕主義和禪宗等「新時代」信仰間，試著尋找可安身落腳的靈魂家園。柯亨能夠吸引住廣大的聽眾和讀者，這些乃是關鍵元素。我們甚至可以說，他就是這些現代人的縮影。

柯亨寫詩，他的傳記裡有一則故事：在麥基大學時，他上杜戴克教授（Louis Dudek）的創作課，有一天他交了一首詩作〈痲雀〉，教授看了後，要他跟著一起到教授大樓，而後要他單膝下跪，用封爵的方式，封他爲詩人：「起來，從今後你已是詩人了，我已封你，將成我們詩人一族。」

柯亨早年這首〈痲雀〉寫得極好，而且簡直可以說是一語成眞的說盡了他後來的發展。這首詩全長卅餘行，在此無法全譯，該詩第一段曰：

以牠們稜角分明的尖喙攫住冬天，叛離的
候鳥已拋棄了我們，只留下最笨拙的褐色

麻雀來做春天的交涉。

這一段眞是美妙絕倫。在嚴寒蕭瑟的冬天，眾鳥寢寂，只剩笨拙醜陋的麻雀在爲來春做著準備和預言，那麼，這些醜麻雀會帶來甚麼樣的春天呢？該詩的最後一段如此寫道：

我爲甚麼還要再說那些離去的候鳥？
當這片天空一無所有
離去的夏鳥之幽靈
仍追逐著舊的痕跡
或毫無希望的飛翔？
而麻雀們雜色的翅膀卻不惹眼的鼓動
激勵著所有我們熱愛的街道
爲想像的春天而興奮。

這就是柯亨筆下的麻雀，它既是一種自喻，也是一個寓言，將麻雀譬喻成春天的使者。後來，這個「麻雀意象」多次出現在他的詩裡，他曾將女體用麻雀來做比喻；也更清楚的自喻爲追求自在自由的麻雀。當我們讀他的詩和聽他那蒼勁的歌，「麻雀意象」不容疏忽了。

廣大的童謠世界

每個社會都有「童謠」（Nursery Rhymes）。童謠的世界比成人的詩歌更廣大。有的童謠在講人間道理，是學前教育的一種；有的則是用兒童眼睛看世界，充滿天真無羈的想像。而最有趣的，則是有一種「無厘頭」（Nonsense）童謠。

例如，在我們的童謠裡，這兩首就非常的「無厘頭」：

——「城門城門雞蛋糕，三十六把刀。騎白馬，帶把刀，走進城門滑一跤。」

——「小皮球，香蕉油，滿地開花二十一，二五六、二五七、二八二九三十一。」

「無厘頭」童謠多半是兒童們自己發明的。大人們的思想與感覺早已定型，怎麼看問題，怎麼用字遣辭也都有了固定模式。但兒童則不然，他們有無限可能性，他們更自由的用字、用音，以及把字與音重新組合，有許多太不可思議，就成了「無厘頭」。但這就完全無意義嗎？卻也未必。有些「無厘頭」童謠非常押韻，可以讓兒童對字音字韻更加敏銳；

有些「無厘頭」童謠則天馬行空，可以創造新想像和新單字，例如今天所謂的「嘻哈文化」（Hip-Hop Culture），「嘻哈」這兩個字其實早就以「無厘頭」的方式出現在童謠中。這就是「無厘頭中的有厘頭」（Nonsense's Sense），在兒童們看似瞎掰的歌謠裡，有著許多值得探討的意義。

「無厘頭」童謠，最早出自兒童，而後被少數文學天才繼承。在此可舉一首兒童所寫的英國童謠爲例：

小小狗，去磨坊

這邊走，那邊走

這包舐舐，那包舐舐

一跳跳到溪流裡，栽進水閘沉幾沉

哀哀、哀哀，哀哀跑回家。

這首童謠的想像極爲豐富，從磨坊又想到溪流，實在不可思議，尤其用 Walloping 這個字來說小狗跑回家的狼狽尷尬姿態，在「無厘頭」裡又的確非常奇妙而有道理。兒童的創造力眞是不凡。

歷史上，有兩個傑出詩人，將童謠中的「無厘頭」成分發揚光大。一個是畫家兼詩人里爾（Edward Lear, 1812-1888），另一個則是寫《愛麗絲夢遊仙境》而名垂千古的卡洛爾（Lewis Caroll, 1832-1898）。

里爾是我們的文學界長期忽視的重要名字，他天才洋溢，能詩能畫，還是個著名的旅行家。他為兒童寫過兩本《無厘頭詩集》，已成文學經典。他的「無厘頭」特色是想像力古怪得不可思議。例如：他最著名的是〈貓頭鷹和小貓咪〉（The Owl and the Pussy-Cat），開宗明義就是這四句：

貓頭鷹和小貓咪到海上
坐著綠豆色的漂亮小船；
帶了一點蜂蜜和許多錢幣
用一張五鎊現鈔紮成一團。

這四句話，內容完全不合理，例如貓頭鷹和小貓咪出海帶蜂蜜和金錢就毫無道理；五鎊現鈔只有一點點大，怎麼可能包得住許多錢幣？但這些「無厘頭」卻毫不影響這首詩的重要與受人喜歡。另外，他還有這樣一首〈長鬍鬚老公公〉，歌曰：

有個長鬍鬚老公公
他說：這實在糟糕——
兩隻貓頭鷹，一隻母雞
四隻雲雀，一隻鷦鷯
都在我的鬍鬚裡做巢。

里爾的「無厘頭」童謠，以內容的「無厘頭」取勝，而卡洛爾的「無厘頭」，則以文字取勝。他善於自造新的組合字，藉著「無厘頭」而變成「有厘頭」，他的童詩說起來頗費工夫。將來有機會再談。

由兒童的「無厘頭」童謠，顯示出兒童其實有著另外一個非常值得探索的世界。

古波斯的瞎子摸象詩

我們每個人都知道「瞎子摸象」的故事。

這個故事出自《大般涅槃經》卷卅二。一個國王叫大臣找了一群盲人來摸象，而後問他們象究竟長得甚麼樣子。經上記曰：

——「爾時大王，及喚眾盲各各問言：汝見象耶？我已得見。王曰：象為何類？其觸牙者即言象形如蘆菔根，其觸耳者言象如箕，其觸頭者言象如石，其觸鼻者言象如杵，其觸腳者言象如木臼，其觸脊者言象如床，其觸腹者言象如甕，其觸尾者言象如繩。」

《大般涅槃經》的瞎子摸象故事，乃是寓言，藉以顯示一個道理：那就是佛性如象，而瞎子則代表了一切無明眾生，只侷限在一己不完整的偏差經驗裡。

而最近讀古波斯詩選，發現到蘇菲派第一個大詩人薩納伊（Sanai, 1080-1140）也有一首〈盲人與大象〉，譯之如下：

距古爾不遠曾有座高高的城市
它的居民都是盲人目不能視。
有一次這裡路過某個蘇丹王
在附近的平野他紮下營帳。
爲了彰顯地位及泱泱國土
他豢養了大象這無比龐然巨物。
於是煽起了城裡人急切的欲望
想要知道大象長得甚麼模樣。
盲人們抽籤選出了盲代表
要替他們把問題弄個分曉。
去感覺這巨獸的身軀和四肢
俾讓他們能有清楚的認知。
希望每個人體會到知覺的整體
藉著他們對事務付出的全心全意。

當代表們重新回到城裡
熱情迎接的人十分擁擠
他們每一個儘管誤導大家
但也都急切的要用記得的來回答
眾人要知道那巨獸的大小形態
當他們開口時人群皆充滿期待
不耐煩的雜沓腳步，愈擠愈多
來聽取他們對巨獸形貌的訴說。
對所有的盲者而言知識的收穫
由於無法去看只能依靠觸摸。

對只摸到象耳那個盲者代表
當被問到：「那巨獸究竟甚麼形貌？」

「無比的巨大。」他立刻如此回答
「彷彿地氈，粗硬而平又寬大！」
而那摸著象鼻的急急的搶著說
「不，不！我才知道得比較多！」
「牠像是大水管，這才是眞相
形狀中空，卻也有致命破壞的力量。」
對那另一個盲者他的探索任務
是野獸賴以站立的強健四足。
如此宣稱：「錯，錯！諸君必須注意
它有如石柱上面接著大錐狀體。」
他們都只知道一點，無人知全部
因而每個人都出了可怕的錯誤。
人的心將無法知道所有
知識豈能在盲目中尋求？

在這裡勉力將波斯大詩人薩納伊的這首兩行一韻的對句詩譯出，將它和《大般涅槃經》對照，即可發現兩者其實完全相同。古代絲路貫通歐亞，沿著絲路，文化亦彼此影響融合。天竺與波斯的瞎子摸象故事即是一例。除此之外，阿富汗的佛像雕刻看起來非常希臘，許多歐洲童話出自波斯，中國的《西遊記》裡孫悟空和牛魔王造型則可能出自印度。古代絲路的文化影響，實在太深遠了。

賭之詩

很多人現在歡樂愉快
到時候就痛苦悲哀。——拉雷爵士

歐洲在啓蒙時代盛行賭博，無論住家、小旅館、餐館、堤岸邊、街角，處處皆可見玩牌與擲骰子，而娼妓則穿梭其間。

當時的賭徒萬象，英國大畫家霍加斯（William Hogarth, 1697-1764）留下了許多風俗版畫爲證；賭場裡有人坐在地上捶首頓足，有人扭打成一團，有的喜逐顏開計算戰果，有的則坐在角落沮喪哭泣。由於扭打喧囂，整個地方一片狼藉，椅子也錯亂的倒在地上。

啓蒙時代的賭博，乃是近代賭博行爲的開始。由撲克牌和骰子這種「機會遊戲」，後來延伸出數學上的概率，將這種概率又用回賭博，遂有了更加複雜的樂透彩券、吃角子老虎，以及輪盤賭等等設計，但無論名目如何變化，它們仍是賭博則一。

啓蒙時代的歐洲，乃是現代普遍型賭博之始。當時城市不斷擴大，人口增加，工匠及商人階級興起，他們有了閒錢和閒時間，但娛樂的種類卻極有限，於是遂開始自發性的辦舞會和搞賭博。尤其是到了冬季，賭博更甚，年輕人賭輸了而當強盜，亦時有所聞。官署雖然禁賭，但卻無效。根據記載，當官方人員帶著扈從去抓賭場，裡面的人通常皆立刻吹熄蠟燭，在混亂中打翻官方人員所提的燈籠，黑暗裡賭徒們揚長而逸。由政府舊檔案，還發現寫給地方長官的這種檢舉信：

——「做為一個誠實人，卻寫這封匿名信，實在非常羞恥。但我還是鼓起勇氣寫了這封信，原因是我擔心如果不寫信檢舉，更大的傷害就會降臨。我是一個父親，在此鄭重請求，讓本鎮已存在了很久的賭博加以禁止。我的小孩已摧毀了我，許多別的家庭亦然。而罪魁禍首則是巴拉達先生。他是本鎮的外來客，以前在派米爾鎮即因搞撲克牌賭博而被驅逐。他在佛蘭西區有個房子，只用來當賭場之用。我知道鎮長大人曾要他不得搞賭場，但事實上則是日日夜夜都在繼續。……他的賭場離教堂不遠，在教堂裡都可聽到吆喝喧鬧及打架的聲音。」

由昔日歐洲的賭場景象，就讓人想起早些時候台灣鄉下的賭場，情況差不多一樣。而這種情況，英國伊莉莎白一世女王的主要廷臣拉雷爵士（Sir. Walter Ralegh, 1552-1618）也是詩人的他，有詩爲證：

在新年第六天之前的這段時間
這個國家總是會有離譜之事出現。
四個撲克王在這個島國相聚
總會帶來好長一陣亂局。
許多人將會因此結束噩運
而另外許多人則繼續失敗的壞命。
很多人現在歡樂愉快
到時候就痛苦悲哀。
教徒們的心都將因恐懼而顫動
當他們聽到喧鬧的乒乒乓乓。
甚至死者也在地下輾轉不安
在每個城鎮和每一個鄉間。

由拉雷爵士所說的英國以前過年賭博，但願我們過年的玩樂沒那麼糟糕！

卷五

我們是否要給自己
更平靜，更少罪惡式的快樂
當事情來到，如同它已發生……

——生態女詩人瑞姬

藉口與謊言

不是選擇的選擇

大詩人葉慈曾寫過一首非常值得玩味的短詩，題爲〈被邀寫首戰爭詩〉：

我認爲在像這樣的時刻寧可
詩人讓自己保持沉默，事實也是這樣
因爲我們並沒有改變政客的能耐，
他們很容易討好藉著各種操作
對怠惰的少女儘管她們應奮發向上
或對冬夜裡的老人正深陷悲哀。

葉慈寫這首詩的時候，正值第一次世界大戰，有人約他寫一首戰爭詩，但他能寫甚麼呢？寫違心之論歌頌戰爭的詩？或寫反對戰爭，讓自己站在政治不正確的一方？這兩者皆非他所願，因而他寧可保持緘默。這首詩的後三行指出，政客由於很容易藉著議題的操縱，或者向人們的劣根性討好，或者迎合人們的自然本能，這是一種廉價的政治學，它很難被改變，戰爭也是因爲這種操縱而引發的，對戰爭我們還有甚麼話可以說？

葉慈眞不愧爲諾貝爾級的大詩人，而且他在文學史裡的地位，甚至還超過諾貝爾獎，而成了人類共同的智慧遺產。這短短六行詩，就已把人類經常會在政客操縱下，做出沒有選擇的選擇之窘境，非常精準而智慧的表現了出來。葉慈之所以傑出，由這首詩即可概述其他。

將葉慈的詩引申，我們會發現到，政客——當然是指握有權力的政客，他們在權力的憑藉下，其實是很容易去製造出各種「不是選擇的選擇題」，然後讓人民在「沒有選擇的選擇」裡做出已知答案的選擇。

葉慈看出了這種「不是選擇的選擇」之困境與陷阱，他採取了消極的緘默態度，從現代的標準來看，這乃是一種道德上的怯懦。做爲一個現代的公民，爲了避免這種「不是選擇的選擇」，顯然已需要從根本之處即開始提出質疑，只要透過根本的質疑，我們才有可能免掉自己被動的地位，從而創造出新的問題意識，新的而且是更好的選擇題。所謂的人民做主，只有這樣才有意義，而不是淪爲人民被動的在「不是選擇的選擇」只不過「背書」而已。

最近這段期間，台灣的政治已日益變成一種「不是選擇的選擇政治」，統治者動作不斷的在製造答案已知的選擇題，然後迫使人們選擇。也正因此，葉慈的詩更値得再三咀嚼了。

向前做個戰士

我們的子女爲國而亡，是我們的最愛
只留下昔日珍貴的言談笑語爲記憶——吉卜林

吉卜林（Joseph Rudyard Kipling, 1865-1936）乃是近代最受爭議的詩人。他是帝國主義的旗手，所謂的「白種人的負擔」即是他招致永遠唾罵的名言，出自他的詩句：

接下白種人的負擔
派出最好品種的殖民官。

吉卜林出生於大英帝國的黃金時代，他的父親是派到印度的藝術文化官吏，母親則來自貴族世家，他則誕生於印度孟買。這樣的背景，使得他後來寫了許多有關印度、巴基斯坦，以及阿富汗的詩作。其中有一首〈英國年輕戰士〉，即是寫他聽來的一八四一年英國對阿富汗之戰，詩曰：

當首次被襲你急忙低下頭來

不去注意攻擊者何在
要感謝你仍活著，相信你的運氣不壞
勇往隊伍的前排像個戰士
向前，向前，向前做個戰士
向前，向前，向前做個戰士
向前，向前，向前做個戰士
戰士在英女皇麾下！

當你在路傍壕溝開槍亂射
別怪自己的來福槍像斜眼的老娼一個
你的槍就是你，要對它更親熱
它將戰鬥爲英國青年戰士
戰鬥，戰鬥，戰鬥爲了戰士

當兩腳像被驚嚇的女子般股慄
敵人的槍陣成行進逼
別管那隆隆聲響瞄準砲車下方射擊
聲響永遠嚇不壞戰士
嚇，嚇，嚇不壞戰士

如果你的軍官陣亡而士官則嚇壞
謹記住逃跑將更徹底失敗
自行戰鬥，躺下，直直坐起來
等待救援像個戰士
等待，等待，等待像個戰士

當你受傷而掙扎走向阿富汗草原
女人們出來做最後的殲滅戰

嘲笑你的來福槍並向你的頭射出子彈
去向你的上帝像個戰士
去，去，去像個戰士
去，去，去像個戰士
去，去，去像個戰士
戰士在英女皇麾下！

吉卜林所寫的這場戰爭，乃是英國殖民史上最大的夢魘。一八三九年英國聽說阿富汗可能和俄國締盟，遂策動政變推翻舊王，另立新王，但新王屬下不服從，一八四一年全面反英，包圍了喀布爾的英國駐區，後來阿富汗佯允讓英國軍民撤離，於是英國駐地指揮官艾芬史東少將（William Elphinnstone）遂率軍民婦孺一萬六千人撤退，但在途中卻遭夾擊，只有一個英國軍醫和幾個印度兵僥倖逃走，其他全部死亡。事隔多年後，吉卜林根據傳聞而寫了這首詩，雖然他的目的在鼓吹愛國精神，但字裡行間仍可見這次戰爭的悽厲。

吉卜林一生鼓吹殖民愛國主義，但反諷的，卻是第一次世界大戰，他的獨子參戰，卻在魯斯戰役中陣亡，屍骨無法尋覓。他後來有〈子女〉一詩誌其哀痛：

我們的子女爲國而亡，是我們的最愛
只留下昔日珍貴的言談笑語爲記憶
我們的失去由自己付出，他人無所助益
外人或僧侶都無關係，一切由自己擔待
但誰又能讓我們的孩子活回來？

巴勒斯坦沒有回家的路

我們旅行如同別人，但卻沒有可回的家
彷彿是在雲端飄浮。我們將摯愛的人
埋在烏雲深處，在路樹的根部。
我們告訴妻子，繼續生吧
始能有人在數百年後走完這漫漫旅途
走到我們國家的時候
走完這不可能計算的長路

上面這些詩句，出自巴勒斯坦首席詩人達維希（Mahmoud Darwish, 1942-）之手。他出生於巴勒斯坦北部的上加利利地區，以色列復國後，他們於一九四八年被趕走，而後從小到大，他就一直在黎巴嫩、以色列、巴勒斯坦、埃及等地流亡，並不斷進出於以色列監獄。他的詩以「無家」爲不變的主題，是當今巴勒斯坦人的心聲。

而現在讀他的詩，當更能理解其中的痛楚。最近，雖然聯合國安理會通過決議，要求儘速讓巴勒斯坦建國，但以色列夏隆政府卻悍然宣布，不准巴勒斯坦人有自己的國家。這也就是說，達維希詩裡所謂的漫漫長路，不知道還要多久才會走到它的終點。

而除了不准巴勒斯坦國成立外，夏隆政府也變本加厲的對巴勒斯坦人展開壓迫。稍早前，以色列軍隊將葉寧鎮全部摧毀，用大砲和重型推土機將它鏟成廢墟，到底死了多少人都無從查核。聯合國原擬派出一個高層調查團，但也在以色列刁難阻撓下宣布放棄。以色列對巴勒斯坦人的野蠻殘暴統治，就讓人想到十九世紀英國詩人蘭多（Walter S. Landor, 1775-1864）所寫的那首著名短詩〈外國統治者〉：

他說，我們的統治很和平，接著揮軍
在死亡之夜千人被殺戮；
現在你們幸福快樂嗎？他如此再問
當他離開時背後那些人無聲的哀哭。
他發誓說絕無不良考慮。

但讓整個國家挑撥得四分五離；
他大聲咆哮說絕不干預
但入侵並讓所有的人都因而哭泣。

讀了這首詩之後，忽然覺得它寫的好像就是今天的以色列。

這就是會議和官僚！

我早已知道鬧哄哄的集會
它偏好裝模作樣的自在
——精打細算過的姿態和愚蠢。
站立在芬芳的山坡上，來處蓊鬱矇朧
俯望我們濁氣升騰的城市
我拒絕的把頭轉過
抓起一把高高的野草
一股甜香成熟的氣息撲上了臉頰

這首〈我早已知道鬧哄哄的集會〉，出自當代愛爾蘭詩人金賽拉（Thomas Kinsella, 1928-）他對會議總是在那裡鬧哄哄、而淪爲做作的表演及愚蠢，覺得非常厭煩，因而寧願到城外的山坡尋找寧靜，這首對比的諷刺詩，相信我們讀了，也當有會心的感受。

金賽拉是廿世紀愛爾蘭文藝再復興的重要人物，但除了純文學的事業外，他的作品裡，在針砭現實、譏評政治上也多有獨到之處。他對討厭的政治人物從不假辭色。還有一首〈行政官〉也非常淋漓痛快：

我們知道他最先是因他的好名聲
有效率，一個本地的新血輪
出人頭地。嫻熟於
房地產管理，難能可貴

他公開露臉過一次，面對陳情
走到市政大樓的前廳，十分無禮
穿一套灰色西裝，很容易錯認爲

新教徒的同僚
坐在長桌對面，未眞正用心在聽
他的反應早已準備，眼睛跳過講話的人

我們陳情的指控有其需要，若造成
他人的困擾誠屬不幸
但我們人已來到
一次錯誤；一次處理得愚笨之退場

然後他把陳情資料交回給雜役。
金賽拉寫無聊的會議，寫高高在上的行政官僚，他的經驗，我們當格外能有所感。

「過分」的反噬

當代美國詩人亞蒙斯（A.R. Ammons, 1926-2001）有一首近作，譯之如下：

如果某種東西太
大，那麼將它再膨脹
始能矯正它。

一個微不足道的小東西
當它得到巨大的力量
接下來它就會被摧毀得無影無蹤。

除了這首詩外，他還有另一首可以參照著一起來閱讀：

一廂情願的希望比理性更正確

當它獲得了一些
理性只能小心翼翼的搖頭抗拒
而當這樣的希望落空

理性則像離棄的配偶
躑躅在自我的森林中
爲它的落空而哀哭。

亞蒙斯的這兩首詩，都類似偈語，乃是典型的哲理詩。第一首說的是得與失、強與弱之間的辨證道理。任何事情都不要太過分，一旦過分，原來很強的就會失敗；僥倖成功的，也將很快的盡失所有。這首詩被命名爲〈過分〉（Immoderation），可以清楚看出它意旨之所在。

而第二首所說的，則是一廂情願的希望和理性之間的緊張關係。我們在世間，不能沒有希望，但也不能沒有反映了現實的理性，因而希望與理性的調和，乃是一個亙古以來的難題。當然這也意味著任何一方過分，或者即是出現更大的問題，或者即是因循不進。這兩首西方的哲理詩都深刻有智，可供長記在心。

亞蒙斯乃是當代重要詩人，他兩獲美國國家書卷獎，也獲美國最高的麥克阿瑟學人獎及佛洛斯特詩人終生成就獎。他的詩都辭深意遠，可以體會，但翻譯卻難。我讀著他的詩集，忽然覺得他的這兩首詩，所寫的不就很像台灣嗎？不要太過分，不要太極端；要走長路，不要走短線，否則，我們的路就走不下去了！

給台灣政治的一首詩

何等快活得之於出生和教養
他不爲別人的意志服務；
至誠的思想是他的武裝
而樸素的眞理則是他最高的技術。

激情並非他的主人
也不認爲自己的心靈至高不朽；
他用關切君王的美德與凡夫眾生
從塵世的束縛裡得到了自由。

他不羡慕那些人時來運轉
對於邪惡，他也從不知曉；
最深的傷害來自阿諛稱讚
那是權勢的定理，而非至善之道。

他的人生避免了八卦消息
良知是他強固的住家；
吹牛拍馬者永遠無法用其計
詛咒者也不能藉著將他摧毀而自鳴偉大。

他早晚向上帝祈禱
爲的是美德而不是甚麼財貨；
他娛樂自己當普通日子來到
以精選的好書或知心朋友作夥。

這人免於和卑屈奴性者同調
他們希望升官或畏懼被逐；
他是自己的主宰，沒有采邑的封號
但儘管一無所有，他卻有世界的全部。

上面這首詩，出自十七世紀英國外交家詩人沃頓（Sir Henry Wotton, 1568-1639）的手筆。古典紳士政治家的風範和自我期許，盡在此詩中。

在這裡特別提到這首詩，乃是有感而發，因而以西洋之古，來證我們之今。最近這段期間，我們的官場眞的亂成一團，語言輕薄說謊者有之，自大沒品者更有之。看一個國家的前途氣運，由大官身上通常都能一葉知秋，但由我們的大官，還包括我們的名流之言行，怎麼不使人爲之慨歎呢？

來自明代的兩封信

生命無望，彷彿瘟疫

它從文字變成了數目，變成零。——布洛斯基

近讀一九八七年諾貝爾文學獎得主，俄國流放詩人布洛斯基（Joseph Brodsky, 1940-1996）的詩集《斷章》（A Part of Speech），其中有一首〈來自明代的書信〉，非常值得再三玩味。

這首詩，名為一首，實為對比的兩段，第一段說的是明代皇室：

十三年匆匆將逝，自從夜鶯
飛出鳥籠失去影蹤。而今暮色降臨
皇上吞下藥丸用另一織匠的血
而後斜倚絲枕，讓裝飾了寶玉的鳥
以單調不變的歌聲讓他鎮靜。
這種週年慶，多餘的，錯誤的

我們在自己的皇天后土下歡度。
用來遮掩皺紋的特製銅鏡
已每年變得更難也更貴。
我們的小花園則長滿雜草
而天空則聳立著尖塔如同肩胛上的針
它病弱瘦削讓人一眼就看到嶙峋。
而每當我談到占星學
對著皇太子，他就開起頑笑。
吾愛，妳的野鴛鴦，我寫這封信給妳
在皇后賞賜的香宣紙上揮就
近來糧米日少而宣紙卻綿綿不絕。

這個詩段，當然是以虛擬的方式寫的書信體詩。在詩裡他把明代皇室耽迷於煉丹術和神佛崇拜，而國家卻日益凋萎的情況，相當精準扼要的描述出來。由此可看出布洛斯基對中國歷史的熟悉。而除了這段書信體詩之外，另外一段則曰：

「千里之行，始於足下」
俗語如是說。但悲哀的回家路
卻不是來時途。它超過了十倍
的千里，尤其是還要從零算起。
一千里，兩千里——
一千等於是「你將再也看不見
你的故土」。生命無望，彷彿瘟疫
它從文字變成了數目，變成零。

風把我們西吹像黃色野豌豆
脫離了乾莢，遠方長城的高塔
襯托出人們的枯醜僵硬如嚇人的象形字
像是凝視時無法辨認的經文。
這種單方向的扯離

讓我被拉長，彷彿像是馬的頭顱
而整個身軀漸漸枯竭，影子
則瑟瑟掠過野麥凋萎的枯葉。

這個詩段，也是書信體詩，但卻說的是離別淚。明代由於政治酷虐及無能，人們或因貶謫，或因遣戍，或因逃荒，離民流民的規模擴大，最後亡於流寇之手。布洛斯基寫人們的離別，一點也不遜於中國古代詩人。而他對此能夠這麼有感覺，當然必和他自己的人生有關。

布洛斯基是俄國猶太人，父親是最低階的海軍軍官，因爲是猶太人而無法升職，他因爲家貧，唸到初三即輟學，做過礦場機械工、醫院太平間工人、照相師、探險隊隊員等。後來自己靠著查字典與讀字典，而學會多國語文，並以譯詩寫詩爲業。他的詩風非常形式主義，這是當年俄國不容許的風格，因而他遂被判五年勞動改造，但在西方文學界聲援，一年半後他即被飭回並驅逐出境。後來在「美國詩人學院」的幫助下，他到了美國並執教。由於他有嚴重的心臟病，動過多次手術，最後還是因此而逝。由他寫的〈來自明代的書信〉，可以看出他對中國的理解深度！

小丘之後是大山

狗族反對用狗來稱「教條」
以及其他句子，如「狗吠」
如「狗佔毛坑不拉屎」。同樣怒氣滔滔
別的獸畜也跟進。蛇類鼠輩
不滿長期是欺騙和背叛的代號
牠們稱這是無法原諒的偏見
甚至魚族也抗議走上了街道
只因牠們的形象和酗酒相連。
現在你不能侮辱膽子小

用「其怯如貓」或「雞仔」；
不能用公雞公牛說「無稽可笑」
用母牛來形容女人也無法存在。
不能用羊毛來譬喻「欺矇」，羊兒們
已有了覺醒。不再有人用野兔稱「閒扯」
不能用公羊來說「莽撞」之行
牠們會向國會陳情。我們不能用天鵝
來譬喻「閒逛」，說「雞皮疙瘩」也不允許
不能說「發羊脾氣」，或輸球叫「零鴨蛋」；

一旦我們以前所說所寫不能再繼續
我們遂講這樣的髒話：「譙」，以及「幹」！

這首詩乃是當今英國青年女詩人蘇菲・漢娜（Sophie Hannah, 1971-）所寫，有個很奇怪的題目——〈許多小丘之後的大山〉，而這首詩的深意，就在題目中。她要說的是，時代的改變並不必然會愈變愈好，有時候當我們志得意滿的以爲越過了一堆小丘，卻可能不知道其實正面臨，甚至創造出一座更大的山。這首詩眞正在說的，乃是民主政治的可能之弊，非常值得此刻的台灣警惕。

這首詩以英國口頭禪的政變爲隱喻，來敘述民主時代所造成的「每個人都有話要說」，最後變成大家都「無話可說」，以致一切復歸粗魯的情況，整首詩寫得非常諧謔，而其意旨則在「許多小丘之後的大山」中被一語點破，它的警世意義，就在這樣的畫龍點睛中。對台灣這種每個人都在說話，甚至連謊話都敢臉不紅、氣不喘的說出來的時刻，閱讀蘇菲·漢娜的這首名詩，豈能不格外的慨然興嘆呢！

對波灣戰爭的悲憫

一九九一年的波灣戰爭，以美國爲主的聯軍，計出動五十四萬一千人，而大舉轟炸的結果，所造成的伊拉克軍民死亡，則逾一百萬人。這乃是繼越戰之後的最大殺戮。

也正因此，到了現在，儘管美國找盡理由，想要再次入侵伊拉克，但歐洲及中東的國家咸表反對。不久前，美國總統布希訪歐，希望尋求各國在伊拉克問題上予以支持，但卻遭到普遍示威抗議。阿拉伯聯盟舉行高峰會，甚至做出決議，宣稱若伊拉克被攻擊，包括科威特、沙烏地阿拉伯、聯合大公國等一向和伊拉克有宿怨的國家，這次也都站到了伊拉克這一邊。這顯示出各國的人心畢竟還是肉做的。大家都不忍繼續對伊拉克人屠戮。

而講到波灣戰爭，可能就必須提及英國詩人哈里遜（Tony Harrison, 1937-）所寫的《冷峻之降臨：波灣戰爭詩集》（A cold coming:Gulf War poems），這乃是全球唯一的波灣戰爭詩。在那本詩集裡，哈里遜一方面對伊拉克入侵科威特予以嚴厲指責，但對美國藉機大肆屠戮，也同樣充滿了不安。這本洋溢著古老人道精神的詩集，使得哈里遜獲得一九九二年英國最重要的詩獎——「惠特布瑞獎」（Whitbread Award）。

哈里遜的波灣戰爭詩，以〈第一個字母的啓發〉這首最出名。它最早發表於一九九一年三月五日英國的《衛報》，而後收入詩集裡。在這首詩裡，他把現在譬喻爲十三世紀那個黑暗時代。劫掠和殺戮的故事都沉澱在當時被隱士們精雕細琢所繪製的書籍裡。由這樣的聯想，他遂如此的談到波灣戰爭：

「上帝」這個字被布希散布
他的字照亮了午夜的天空
混亂了巴格達的公雞，牠被炸彈矇騙
以爲天已大亮
因而在致命空襲之夜啼鳴
牠無法活著等到眞正的黎明
而今在科威特白晝歡愉的車頭燈
以及把巴格達埋葬進焦黑之際

讓我們記得，所有在慶祝的人群
他們的佳音卻是別人的噩耗
也請記住，光明永遠不會到可憐的人群
我們是否對所有勝利的V字都應歡呼？
這個褊狹的字母纏繞著：
焦黑大海貪婪水鴨肥頸的形象
它狂烈而好戰的吹著喇叭
爲了所謂的他們的戰爭，
那些爲熾亮大火而啼鳴的公雞
難道聞不出牠們指爪下已是污濁大地？

哈里遜的這個詩段，洋溢著歐洲人道主義面對這個污濁世界時所顯露出來的深沉不安。它所散發的訊息，在這個美國以反恐爲名，意圖再次入侵伊拉克的時刻，更值得我們省思！

「小時代」和「大時代」

是否亞歷山大大帝囫圇吞下藥片
俾殺掉他光榮所帶來的疼痛？
是否哥倫布出航前曾去買保險
而後才奔向沒有地圖的大海？

是否查理曼大帝接受電視訪問
在馬上顯示英風；是否拿破崙
也服鎮靜劑以抑制他糟糕的神經痛？
是否大畫家鮑希畫〈塵世樂園〉時

曾去申請政府補助？

在阿比希尼亞這個悲慘的國度

它的不幸是否被詩的頽靡所救

是否詩人韓波因其不朽而抽稅？

今天的我們已不必再冒任何風險

麻痺遂成了我們的特權。

這首〈歷史的另類觀點〉，出自當代法國詩人波士奎，相信絕大多數人讀了後，都會發出內心懊惱的苦笑。它說的是麻痺與世界的平庸化，而平庸正是我們這個時代的特色和命運。

如果我們回頭重看歷史，過去當然沒有現在這麼進步繁榮，但在過去，偉大的軍事家、政治家、藝術家及詩人前後相望。以前的政治人物沒有今天這種電視做秀，他們必須更有視野和決斷力。以前的人，無論探險家、藝術家或詩人，都沒有任何保障，物質條件亦差，但反而更能成爲一種志業。人有志業精神，即能突破種種限制而成其大。

而到了今天，一切偉大的條件都已失去。不再有志業，而只剩職業。當所有的藝術家和詩人都等著申請補助，怎麼可能還有偉大的藝術文學？當政治人物天天都在隨變化的民意而忽焉如此，忽焉如彼，政治除了做秀外，豈有任何意義？易言之，在這個「後歷史」時代，一切都平庸化，無論任何事情都成了職業而非志業，或許已成了人類的宿命。平庸、痲痺、糾纏、內耗，則成了它的格局。在這樣的時刻，讀波士奎的詩，怎能不油然而感觸萬端呢？

剝削自然

我們是否要給自己更平靜，
更少罪惡式的快樂——瑞姬

桃芝颱風，使得台灣滿目瘡痍，死傷枕藉。這是罕有的自然浩劫。九二一大地震將地質破壞，固爲原因之一，但長期以來對土地的超限制剝削，可能是更重要的關鍵。

這是可怕的生態反撲，顯示出台灣的土地已到了不能負荷的限度；於是，就讓人想起英國維多利亞時代重要詩人霍普金斯（Gerard Manley Hopkins, 1844-1889）所寫的〈上帝的榮光〉：

這個世界被賦予上帝的榮光。
它耀眼生輝，燦若閃動的箔片；
或延伸廣袤，如油痕傾倒擴散
但人們何以對自己的所爲不知提防？

一代代的踩過，踩過，從它身上；
在商業裡麻木，爲工作而糊塗貪婪；
大地披上人的污跡，也被惡臭感染
而今裸露，已不能用雙腳體會它的憂傷。
但儘管如此，大自然卻永不放棄
事物的最深處總有力量再生；
如同從黑暗西方最後一抹光線裡
誕生黎明，由東方枯萎的邊緣出現新春
只因聖靈俯視廢墟大地
以祂溫暖的胸膛和光明之翼挽救沉淪。

霍普金斯在一百多年前，就已見微知著的看到了人類對土地的剝削，算得上是關懷自然的先驅人物。但在他那個時代，儘管人類爲了貪婪私利而蹂躪自然，但因規模畢竟有限，因而他遂樂觀的相信，人類弄髒弄臭的自然，終將在上帝的榮光和自然的新生力量裡獲得拯救。但霍普金斯所未曾料想到的，乃是自然被破壞的程度已今非昔比。如果他能活在今天，想必一定會更改他那不可救藥的樂觀，並對此覺得憤怒起來。

由霍普金斯的這首詩，就讓人想到當代首要女詩人瑞姬（Adrienne Rich, 1929-）了。瑞姬在當代文學人物裡，雖屬詩人，其實卻更接近思想家。在自然生態問題上，她被歸爲「生態女性主義」這個系統裡。這個系統相信世界爲一個大整體，我們如何對待自然，如同我們如何對待別人和自己，因此，對一切剝削自然的問題，都必須徹底追究到價値與身體這個層次。瑞姬本人在詩集《你的鄉土，你的人生》裡，即有一首詩談這樣的道理。詩在開始時如此說道：

> 儘管知道子女已安睡
> 且健康，家庭帳目也平衡，而水
> 在自來水管理也乾淨的流動
> 犯罪者也都得以釋放

但雖然以一連串的「儘管」爲始，彷彿現世安穩，但這其實是不夠的，因而詩在最後裡遂特別提出質疑：

> 我們是否要給自己

更平靜，更少罪惡式的快樂

當事情來到，如同它已發生……？

「更少罪惡式的快樂」，或許眞的是一切的關鍵。在台灣，我們超限剝削自然，是否享受這種「罪惡式的快樂」已太久太多了？

藉口與說謊

吉卜林乃是爭議詩人，因爲他有過許多爭議性的名句。大家都能琅琅上口的「白種人的負擔」，即出自他的詩句：

接下白種人的負擔
派出最好品種的殖民官。

然而，他的爭議性卻不難理解。他出生於大英帝國的黃金時代，父母又都是貴族殖民官吏的世家，這樣的背景，當然造就出了他那種歌頌殖民主義的特性。但儘管如此，他由自己早年從軍的經驗，對戰爭卻也有著極多非一般人所有的洞察。他寫過〈戰爭墓誌銘〉，其中有一段即很值得世人警惕：

我不能耕，我不敢搶
只得討好群眾藉著說謊。
而今我的謊言已被證明不眞
必須去面對那些因而被殺的人。
有甚麼故事可以幫我再編
對那些憤怒的被騙青年？

吉卜林的這六行詩句，以非常言簡意賅的方式，將政客製造謊言，鼓動好戰，引發戰爭的道理說了出來。實在可以列入千古名句之林。政治，尤其是問題複雜，但缺乏能力來面對的政治，最容易的方法就是藉著說謊、挑釁、煽動等方式來蠱惑人們的情緒，它可以得到廉價的掌聲，而結果則由鼓掌的人背負。而這樣的政治一旦不可收拾，誰知道它會伊于胡底！

由吉卜林的詩句，除了讓人想到今天台灣的政治外，也讓人想到前幾年好萊塢電影

《桃色風雲搖擺狗》所說的故事。那是電影藉著虛構的情節，把當代政治的操作、欺騙、煽惑等現象清楚的說了出來，那部電影之所以傑出，乃是它讓一切都虛擬化，甚至連戰爭也都只在虛擬中發生，並未眞正的出現過，因而整部電影遂變成了一部黑色幽默劇。問題是，一旦這種事情在現實世界出現，它卻肯定不會只是黑色幽默劇，而會和吉卜林的詩句更爲相像。

也正因此，讓我們切切記住這個句子：

I could not dig; I dared not rob; Therefore I lied to please the mob.

戰爭是大罪的主宰

席爾維斯特（Joshua Sylvester, 1563-1618）在〈戰爭是大罪的主宰〉這首詩裡曾如此寫道：

戰爭是大罪的主宰
災難之母，畸型的妖怪；
法禮及美，它打破，摧毀和追殺
血淚、臣服、高塔，則濺出焚燒及崩塌；
它的利齒讓大地震動裂碎
它的嘴如火炬，聲若驚雷；
它的眼光如霹靂，每一瞥都是閃電
它的手指如槍使一切都成了齏粉四散；

恐懼和絕望、混亂及逃亡
則是殘忍主宰下匆匆前行的方向；
在它的大火裡，廢墟、強暴、錯誤
殘忍、褻瀆，不受懲罰及自大擅專
則成了它野蠻一面的死忠夥伴；
而貧窮、悲傷，以及荒蕪
則隨之出現在軍隊血腥所到之處。

這首十六世紀的作品，可以說是西方最早的反戰詩之一。由人類長遠的歷史業已證明，在所有的天災人禍裡，最具摧毀性的即是戰爭。戰爭不但會使一切物質文明的累積破壞殆盡，更會造成心靈文明的復歸野蠻。這種道理，席爾維斯特在詩裡所說的，仍值得今日借鑑。

由席爾維斯特的〈戰爭是大罪的主宰〉，就必須一提愛德華・費滋傑羅（Edward Fitzgerald, 1809-1883）的〈戰爭招致貧窮〉。費滋傑羅乃是英國十九世紀的東方學家和詩人，以翻譯古波斯文學傑作《魯拜集》而聞名於世。由於對東方研究得深，主張文明應互相尊重與和平，遂成了他畢生的信念。他的這首詩曰：

戰爭招致貧窮

貧窮，和平——

而和平，則造成富裕

但人之命運尚未停止——

因爲富裕又造成自大

自大即是戰爭的根基——

戰爭又招致貧窮

這就是世界輪迴的道理。

而這樣的世界輪迴已結束了嗎？當然沒有。由美國第二度入侵伊拉克已如箭在弦，我們可以說要眞正的世界大同。仍遙遠得很啦！

羽毛破爛的鳥

掌控聲名的時間並不在他們手上
聲名的榮光必須永遠閃亮——佩脫拉克

在我們的社會裡，有「愛惜羽毛」之說，在英美則有「羽毛好，鳥才會好」（Fine feathers make fine birds）的成語。無論那種說法，它都是在期勉世人，對自己的名字，尤其是有了一點點小名氣之後的名字，要格外愼重，不要做出損害自己名號的行爲。

然而到了今天，這一切似乎都已變了樣。「名」是空的東西，於是，一堆有了小「名」的人物，都在那裡栖栖皇皇的要把自己的「名」換算成其他更實在一點的玩意。例如美色、金錢之類。我們已有好多個有了小「名」的政治人物搞出性醜聞，甚至還鬧出仙人跳的大八卦；而最新上演的，則是小有「名」的女主播削凱子的肥皀劇。對於所有這些各說各話的事情，去論斷誰是誰非並無意義，而其共同點則是現在這個時代，小有「名」的人對「名」已的確愈來愈不知愛惜。當我們看到一堆羽毛破破爛爛的鳥，誰會相信他或她們是好鳥？

而以前的人並不是這樣的，以前的社會可能貧窮落後，但人們至少還相信自己在生命的境界上會變得更好，這是「愛惜羽毛」的起源，由西方的文藝復興史，也顯示出當時個人主義開始萌芽，愛惜名聲也跟著出現。這兩者的結合，乃是文明會上升而非沉淪的動力。文藝復興時代的文學之父佩脫拉克（Petrarch, 1304-1374）這樣說到人的聲名：

它使得連太陽都要嫉妒
他們不受世間的牢籠拘束
向上攀升，而後高高飛起。

至於有了聲名之後要更加的飛起，目的又是甚麼呢？佩脫拉克如此說道：

掌控聲名的時間
並不在他們手上
聲名的榮光必須永遠閃亮。

因此，古代人雖非個個能夠永垂不朽，但人人希望自己所做的事功與善行能夠留存久遠，它卻推動著時代前行。「名」在以前乃是生命之目的。但到了現在，我們卻顯然已看出，聲名做爲目的之時代早已結束，它淪爲手段。大家拚命爭名，有了名之後即用它來換取更實在的利與色。當一個社會缺少了抽象性的崇高價值，而只在利、色、權等上面打轉，這樣的社會還能支持多久？

知道愛惜羽毛的，相信自己還會有更大的努力與成就空間，他自己會變得更好，這種人多了，整個社會與國家也會跟著變得更好，但對日益虛無化的我們社會，這可能嗎？我們都是羽毛破爛的鳥，是否更應該好好打理了呢？

在「涸竭」的迷宮中！

他們陷落在自己的迷宮
自己無愛、自私的世界中。——班・歐克瑞

近年來，台灣已處於停滯狀態，剩下的只有停滯中的糾纏，由於失去了更好的座標，這種糾纏就成了口水戰。在台灣，我們稱之爲「原地踏步」。而在西方，這種情況則被人稱之爲「涸竭」（Exhaustion Exhausted）。

對於「涸竭」，英國卜克獎作家暨詩人班・歐克瑞（Ben Okri, 1959-）有如下的詩句：

只對那些人始覺得涸竭
他們已抵達
認爲的目的地
路的終站

已完成了他們全部的夢想
因而不再有夢。

涸竭只對那些人
他們的想像力
業已結束，不再有更多
可能性，他們認爲
已到了終點
認爲那就是他們所謂的
文明的頂點。

涸竭者業已失去了
更大的圖象
更大的視野

他們陷落在自己的迷宮
自己無愛、自私的世界中。
他們的夢境已畫地自限
隨之而來的只有混沌
解體，以及各式各樣的惡夢。

讀了上述詩句，是否覺得他寫的對象彷彿就是台灣？有些人以前曾有過夢想，那就是取得權力。而今權力之夢已圓，夢想消失，遂以爲台灣再無問題，再也不需用腦筋。於是，「涸竭」遂告開始。而就在滿意於現狀之時，台灣的現狀已快速的衰退。他們在自己「無愛、自私」的迷宮裡，留給台灣的，則是「混沌、解體，以及各式各樣的惡夢」。

班・歐克瑞並如此說道：

涸竭是一種心靈事務
是精神觀點的失去

不再有；廣泛的願景
新旅程的希望
以及更高發現的憧憬。

也正因此，在這個經濟涸竭，政治涸竭，社會涸竭的時刻，除非我們振作，並有更寬宏的願景，否則，這個迷宮是不可能走出來的！

是非顛倒

犯錯人皆有，我亦不例外
以此爲譬喻，你錯被認可；
曲意護短中，我因之敗壞
堂皇找理由，多過君之錯。

莎士比亞的十四行詩裡，包括第卅四、卅五、四十至四十二，計有五首，都在談同一個課題，那就是至愛友人橫刀奪愛後他的心情掙扎。不過，傑出詩人的名句，經常會在後人的使用中，將它從原來的脈絡中抽離，而變成單獨存在的句子，並適用於更大的範圍中。

而上面所引用的四行，即出自其中的第卅五首的第五至第八行，它很可以反映出一個具有自覺能力的人，在面對「護短」這個問題時的良心掙扎。

我們都知道，人是脆弱的動物。而在各種脆弱裡，「護短」即是其中的一項。一個我們喜歡的人犯了錯，這時候，我們就會很容易把自己以前所相信的標準丟到一旁，爲之曲意辯護。當人因爲親疏遠近而有不同的標準，社會的是非即不可能出現，而只會永遠的黨同伐異，永遠的口水戰爭。而這不正是此刻台灣的寫照？

也正因此，莎士比亞的這兩句就非常值得注意了！

Myself corrupting, salving thy amiss
Excusing thy sins more than thy sins are.

這兩句裡有S的尾韻和頭韻，讀起來很有一種急迫焦慮之感。但我們讀這首詩可以不必管這些，而只就意思而論。這兩句說，當人在曲意護短及掩飾中，其實人本身即已墮落；尤其是一旦曲意辯護，就反而會說出比錯誤更多的理由。當犯錯被如此顛倒，錯就反過來成了正。是非顛倒，這不是墮落又是甚麼？

《六祖壇經》裡有曰：「改過必生智慧，護短心內非賢。」這實在是非常正面的警句。護短者以好惡取代了是非，把應當客觀化和普遍化的標準變成主觀化，久而久之，這樣的社會必將淪爲弱肉強食的新野蠻。莎士比亞把護短視爲人的「墮落」，《壇經》稱爲「非賢」，可眞是有道理啊！

智慧田系列—— 強烈的生命凝視，靜默的生命書寫，深深感動你的心！

001七宗罪 ◎黃碧雲 定價200元

懶惰、忿怒、好欲、饕餮、驕傲、貪婪、嫉妒，是人的心靈蒸發，黃碧雲重量級的小說。南方朔、楊照、平路聯合推薦。中國時報開卷一周好書榜、聯合報讀書人每周新書金榜

002在我們的時代 ◎楊　照 定價220元

懷著激情、充滿理想，凝聚挑戰和希望的此刻，楊照觀點、感性理解，爲我們的時代打造一扇幸福的窗口。

003時習易 ◎劉君祖 定價200元

用中國古老的智慧，看出時局變化，李登輝總統的易經老師，爲我們找到亂世生存的智慧密碼。

004語言是我們的居所 ◎南方朔 定價250元

台灣第一本語言研究之書，從古老的、現代的、俗語、流行語來探討我們所存在社會語言的知識性與歷史性。誠品書店推薦誠品選書

005突然我記起你的臉 ◎黃碧雲 定價180元

在生命裡總有一些時刻教我們思之淚下，或者泫然欲泣，就像突然記起一個人的臉。聯合報讀書人每周新書金榜、中國時報開卷一周好書榜。

006星星還沒出來的夜晚 ◎米謝・勒繆 定價220元

我是誰？從何而來？向何處去？一場發生在暴風雨後的哲學之旅，開啓你思想的寶庫。榮獲1997年波隆那最佳書籍大獎，小野、余德慧、侯文詠、郝廣才、劉克襄溫柔推薦

008知識分子的炫麗黃昏 ◎楊　照 定價220元

在歷史的狂濤駭浪中，知識分子的情操在世界的角色是如何？在楊照年少的靈魂裡又對改革者有什麼樣的期許與發聲？

009童女之舞 ◎曹麗娟 定價160元

曹麗娟十五年來第一本短篇小說，教你發燙狂舞，愛情在苦難中得以繼續感人至深！公共電視將同名小說改編成電視劇集，引起熱烈迴響。張小虹、李昂等名家聯合眞誠推薦

010情慾微物論 ◎張小虹 定價220元

張小虹在文化研究的漂亮出擊，革命尚未成功，情慾無所不在！聯合報讀書人每周新書金榜、中國時報開卷一周好書榜

011語言是我們的星圖 ◎南方朔 定價250元

語言可以說成許多譬喻，它是人的居所、也是一張標示思想天空的星圖。南方朔語言之書第二本獲中國時報開卷版一周好書榜。

012烈女圖 ◎黃碧雲 定價250元

從世紀初的殘酷，到世紀末的狂歡，香港女子的百年故事，一切都指向孤寂，最具代表的命運之書。本書榮獲中國時報開卷版1999年度十大好書！

013我一個人記住就好 ◎許悔之 定價200元

考究雅致的文字書寫，散文的極品，情感的極品。

014二十首情詩與絕望的歌 ◎聶魯達/詩　李宗榮/譯　紅膠囊/圖 定價200元

本世紀暢銷數百萬冊的情詩聖經，年輕的聶魯達最浪漫與愛意濃烈的詩作，透過李宗榮華麗溫柔的譯筆，紅膠囊的圖畫，陳文茜專序強烈推薦，是你選擇情詩的最佳讀本。

016末日早晨 ◎張惠菁 定價220元

當都會生活的焦慮移植在胃部、眼神、子宮、大腦、皮膚、血管……我們的器官猶如被我們自身背叛了。文學評論家王德威專文推薦，中國時報開卷版一周好書榜、聯合報讀書人每周新書金榜

智慧田系列── 強烈的生命凝視，靜默的生命書寫，深深感動你的心！

017從今而後 ◎鍾文音 定價220元
書寫一介女子的情愛轉折，繁複而細膩烘托出愛情行走的荒涼路徑，全書時而悲傷、時而愉悅，把我們帶進看似絕望，卻有一線光亮的境地。中國時報開卷版一周好書榜

018媚行者 ◎黃碧雲 定價220元
寫自由、戰爭、受傷、痛楚、失去和存在，黃碧雲的文字永遠媚惑你的感官、你的視覺、你的文學閱讀。

019有鹿哀愁 ◎許悔之 定價200元
將詩裝置起來，一本關於詩的感官美學，一本關於情感的細緻溫柔。詩學前輩楊牧特別專序推薦

020剎那之眼 ◎張 讓 定價200元
高濃度的散文，痛切的抒情，戲謔的諷刺，從城鎮、建築、小路、公路、沙漠等我們存在的世界一一描摹，持續張讓微觀與天問的風格作品。本書榮獲2000年中國時報開卷十大好書獎

021語言是我們的海洋 ◎南方朔 定價250元
南方朔的語言之書第三冊，抽絲剝繭、上下古今，道出語言豐碩的歷史與文化價值。本書榮獲聯合報讀書人2000年最佳書獎

022鯨少年 ◎蔡逸君 定價200元
新詩得獎常勝軍蔡逸君，以詩般的語言創造出大海鯨群的寓言小說，細細密密鋪排出鯨群的想望與呼息。

023想念 ◎愛 亞 定價190元
寫少年懵懂，白衣黑裙的歲月往事；寫「跑台北」的時髦娛樂，乘坐兩元五毛錢的公路局，怎樣穿梭重慶南路的書海、中華路的戲鞋、萬華龍山寺、延平北路……

024秋涼出走 ◎愛 亞 定價200元
原刊登於中國時報人間副刊〈三少四壯集〉專欄，內容環繞旅行情事種種，人與人因有所出走移動，繼而產生情感，不論物件輕重與行旅遠近。愛亞散文寫出你的曾經。

025疾病的隱喻 ◎蘇珊·桑塔格 刁曉華/譯 定價220元
美國第一思想才女的巔峰之作，讓我們脫離對疾病的幻想，展開另一種深層思考。本書獲聯合報讀書人每周新書金榜，中國時報開卷一周好書榜

026閉上眼睛數到10 ◎張惠菁 定價200元
張惠菁在時間與空間的境域裡，敏銳觸摸各種生活細節，摸索人我邊界。本書獲聯合報讀書人每周新書金榜，中國時報開卷一周好書榜

027昨日重現──物件和影像的家族史 ◎鍾文音 定價250元
鍾文音以物件和影像記錄家族之源的生命凝結。本書獲聯合報讀書人每周新書金榜，中國時報開卷一周好書榜、誠品選書

028最美麗的時候 ◎劉克襄 定價220元
《最美麗的時候》為劉克襄十年來之精心結集。隨著詩和畫我們彷彿也翻越了山巔、渡過河川，一同和詩人飛翔在天空，泅泳在溫暖的海域，生命裡的豐饒與眷戀。

029無愛紀 ◎黃碧雲 定價250元
本書收錄黃碧雲最新兩個中篇小說〈無愛紀〉與〈七月流火〉以及榮獲花蹤文學獎作品〈桃花紅〉，難得一見的炫麗文字，書寫感情生命的定靜狂暴。

030在語言的天空下 ◎南方朔 定價250元
南方朔語言之書第四冊，將語言拆除、重建，尋找埋在語言文字墳塚裡即將消失的意義。

智慧田系列── 強烈的生命凝視，靜默的生命書寫，深深感動你的心！

031活得像一句廢話 ◎張惠菁 定價160元

如果你想要當上五分鐘的主角；如果你貪婪的想要雙份的陽光；你想知道超級方便的孝順方法；你想要大聲說這個遜那個炫；你想和時間耍賴……請看這本書。

032空間流 ◎張 讓 定價180元

在理性的洞察之中，滲透著漸離漸遠的時光之味，在冷靜的書寫，深刻反思我們身居所在的記憶與情感。

033過去──關於時間流逝的故事 ◎鍾文音 定價250元

《過去》短篇小說集收錄鍾文音1998至2001兩年半之間的創作。作者輕吐靈魂眠夢的細絲，織就了荒蕪、孤獨、寂寞與死亡，解放我們內心深處的風風雨雨。

035西張東望 ◎雷 驤 定價200元

雷驤深具風格的圖文作品，集結近年創作之精華，一時發生的瞬間，在他溫柔張望的紀錄裡，有了非同凡響的感動演出。

036共生虫 ◎村上龍 定價220元

《共生虫》獲得谷崎潤一郎文學賞，這本描繪黑暗自閉的生命世界，作者再一次預言社會現象，可是這一回不同的是我們看見對抗僞劣環境的同時，也產生了面對未來的勇氣。

037血卡門 ◎黃碧雲 定價250元

黃碧雲2002年代表作《血卡門》，是所有生與毀滅，溫柔與眼淚，疼痛與失去的步步存在。
本書獲聯合報讀書人好書金榜

038暖調子 ◎愛 亞 定價200元

愛亞的《暖調子》如同喚起記憶之河的魔法師，一站一站風塵僕僕，讓我們游回暈黃的童年時光，原來啊舊去的一直沒有消失，正等著你大駕光臨。

039急凍的瞬間 ◎張 讓 定價220元

張讓散步日常空間的散文書《急凍的瞬間》，眼界寬廣，文字觸摸我們行走的四面八方，信手拈來篇篇書寫就像一座斑駁的古牆，層層敲剝之後，天馬行空也有發現自我的驚奇。

041永遠的橄欖樹 ◎鍾文音 定價250元

行跡遍及五大洲，橫越燈火輝煌的榮華，也深入凋零帝國，然而天南地北的人身移動有時竟也只是天涯咫尺，任何人最終要面對的還是如何找到自己存在的熱情。

041語言是我們的希望 ◎南方朔 定價260元

語言之書第五冊，南方朔再一次以除舊布新之姿，爲我們察覺與沉澱在語言文化的歷史與人性。

042希望之國 ◎村上龍 定價300元

村上龍花了三年時間，深入採訪日本經濟、教育、金融等現況，在保守傾向的《文藝春秋》連載，引發許多爭議，時代群體的閉塞感在村上龍的筆下有了不一樣的出口。

043煙火旅館 ◎許正平 定價220元

年輕一輩最才華洋溢的創作者許正平，第一本散文作品，深獲各大報主編極力推薦。二十年前簡媜，而今散文界最大收穫當屬許正平，看散文必看佳品。

044情詩與哀歌 ◎李宗榮 定價220元

療傷系詩人李宗榮，第一本情詩創作，收錄過去得獎的詩作與散文詩作品，美學大師蔣勳專序推薦，陳文茜深情站台，台灣最具潛力的年輕詩人，聶魯達最鍾愛的譯者，不可不讀。

你如何購買大田出版的書？

這裡提供你幾種購書方式，
讓你更方便擁有一本眞正的好書。

一、書店購買方式：
你可以直接到全省的連鎖書店或地方書店購買，而當你在書店找不到我們的書時，請大膽地向店員詢問！

二、信用卡訂閱方式：
你也可以填妥「信用卡訂購單」傳真到 04-23597123（信用卡訂購單索取專線 04-23595819 轉 230）

三、郵政劃撥方式：
戶名：知己實業股份有限公司　　帳號：15060393
通訊欄上請填妥叢書編號、書名、定價、總金額。

四、通信購書方式：
填妥訂購人的資料，連同支票一起寄台中市 407 工業 30 路 1 號知己實業股份有限公司收。

五、購書折扣優惠：
購買單本九折，五本以上八五折，十本以上八折，若需要掛號請付掛號費 30 元。（我們將在接到訂購單後立即處理，你可以在一星期之內收到書。）

六、購書詢問：
非常感謝你對大田出版社的支持，如果有任何購書上的疑問請你直接打服務專線 04-23595819 或傳真 04-23597123 ，以及 Email：itmt@ms55.hinet.net

我們將有專人為你提供完善的服務。
大田出版天天陪你一起讀好書！

歡迎免費訂閱《大田電子報》，請到「奇摩電子報」（http://letter.kimo.com.tw）
每週五出刊一次，最新最熱的新書資訊及作者動態都可以在裡面看得到，而且有任何的活動都會第一手發布在電子報中，歡迎希望得到固定書訊的讀者朋友訂閱。

我們也幫朵朵辦了**朵朵小報**！每週四出刊。其中報長留言版更是朵朵會定時出沒的地方，喜歡朵朵的朋友可以到Gigigaga發報台的名人特報區看到朵朵小報 http://gpaper.gigigaga.com/default.asp

國家圖書館出版品預行編目資料

詩戀記／南方朔著.－－初版.－－臺北市：大田出版；臺北市：知己總經銷，民92
面；　公分.－－(智慧田；045)

ISBN 957-455-351-5(平裝)

855　　91022443

智慧田 045

詩戀記

作者：南方朔
發行人：吳怡芬
出版者：大田出版有限公司
台北市106羅斯福路二段79號4樓之9
E-mail:titan3@ms22.hinet.net
http://www.titan3.com.tw
編輯部專線（02）23696315
傳真（02）23691275
【如果您對本書或本出版公司有任何意見，歡迎來電】
行政院新聞局版台業字第397號
法律顧問：甘龍強律師

總編輯：莊培園
主編：蔡鳳儀
企劃：樊香凝
美術設計：純美術設計
助理編輯：何珍甄
校對：陳佩伶／耿立予／蘇清霖／南方朔
製作印刷：知文企業（股）公司．(04)23595819-120
初版：2003年（民92）1月30日
定價：新台幣 250 元

總經銷：知己實業股份有限公司
（台北公司）台北市106羅斯福路二段79號4樓之9
電話：(02)23672044．23672047．傳真：(02)23635741
郵政劃撥：15060393
（台中公司）台中市407工業30路1號
電話：(04)23595819．傳真：(04)23595493

國際書碼：ISBN 957-455-351-5 /CIP: 855/91022443
Printed in Taiwan

廣 告 回 郵	
北區郵政管理局登記證北台字11049號	
免 貼 郵 票	

大田出版有限公司　編輯部收

地址：台北市106羅斯福路二段79號4樓之9

電話：（02）23696315-6　傳真：（02）23691275

E-mail：titan3@ms22.hinet.net

地址：..

姓名：..

TITAN
大田出版

智　慧　與　美　麗　的　許　諾　之　地

閱讀是享樂的原貌，閱讀是隨時隨地可以展開的精神冒險。

因為你發現了這本書，所以你閱讀了。我們相信你，肯定有許多想法、感受！

讀　者　回　函

你可能是各種年齡、各種職業、各種學校、各種收入的代表，
這些社會身分雖然不重要，但是，我們希望在下一本書中也能找到你。
名字／＿＿＿＿＿＿＿性別／□女 □男　出生／＿＿年＿＿月＿＿日
教育程度／＿＿＿＿＿＿＿＿＿＿＿＿
職業：□ 學生　□ 教師　□ 內勤職員　□ 家庭主婦
□ SOHO族　□ 企業主管　□ 服務業　□ 製造業
□ 醫藥護理　□ 軍警　□ 資訊業　□ 銷售業務
□ 其他＿＿＿＿＿＿＿＿＿
E-mail/＿＿＿＿＿＿＿＿＿＿＿＿＿＿＿＿電話/＿＿＿＿＿＿＿＿
聯絡地址：＿＿＿＿＿＿＿＿＿＿＿＿＿＿＿＿＿＿＿＿＿＿＿＿＿＿
你如何發現這本書的？　　　　書名：詩戀記
□書店閒逛時＿＿＿＿＿書店 □不小心翻到報紙廣告（哪一份報？）＿＿＿＿＿
□朋友的男朋友（女朋友）灑狗血推薦 □聽到DJ在介紹＿＿＿＿＿＿＿
□其他各種可能性，是編輯沒想到的＿＿＿＿＿＿＿＿＿＿＿＿＿＿
你或許常常愛上新的咖啡廣告、新的偶像明星、新的衣服、新的香水……
但是，你怎麼愛上一本新書的？
□我覺得還滿便宜的啦！ □我被內容感動 □我對本書作者的作品有蒐集癖
□我最喜歡有贈品的書 □老實講「貴出版社」的整體包裝還滿 High 的 □以上皆非 □可能還有其他說法，請告訴我們你的說法
＿＿＿＿＿＿＿＿＿＿＿＿＿＿＿＿＿＿＿＿＿＿＿＿＿＿＿＿＿＿＿＿
你一定有不同凡響的閱讀嗜好，請告訴我們：
□ 哲學　□ 心理學　□ 宗教　□ 自然生態　□ 流行趨勢　□ 醫療保健
□ 財經企管　□ 史地　□ 傳記　□ 文學　□ 散文　□ 原住民
□ 小說　□ 親子叢書　□ 休閒旅遊□ 其他＿＿＿＿＿＿＿＿＿＿＿

一切的對談，都希望能夠彼此了解，否則溝通便無意義。
當然，如果你不把意見寄回來，我們也沒「轍」！
但是，都已經這樣掏心掏肺了，你還在猶豫什麼呢？
請說出對本書的其他意見：

大田出版有限公司編輯部 感謝您！

＊請沿虛線剪下，對摺裝訂寄回，謝謝！